W0412972

COLLECTION FOLIO

Chantal Pelletier

Intimités

et autres nouvelles

Gallimard

Ces nouvelles sont extraites de *Troubles fêtes*
(Série Noire n° 2622).

© *Éditions Gallimard, 2001.*

Née à Lyon, Chantal Pelletier attrape très vite la bougeotte et obtient, entre Nice et Bruxelles, une licence de psychologie tout en jouant dans différentes troupes de théâtre et dans quelques courts métrages. De 1976 à 1986, elle fait partie du trio comique « Les Trois Jeanne » qui promène ses spectacles caustiques de Paris à Montréal, de Lausanne à Kinshasa, avant d'écrire et de mettre en scène les one-woman-shows de Martine Boëri (*Et pendant ce temps les Japonais travaillent*). Parallèlement, elle publie une quinzaine d'ouvrages dont des romans (*L'octobre*, 1976, *Le squatt*, 1996), des essais (*Papy-boom*, coécrit avec Maximilienne Levet, 1988, *Et l'amour dans tout ça ?* coécrit avec Kriss, 1989).

Scénariste, elle est coauteure de thrillers pour la télévision, de séries d'animation pour la jeunesse, et de quelques films de cinéma. Elle devient auteure de « noirs » en 1996 en écrivant une aventure du Poulpe (*Lavande, tuera*), puis elle publie, à la Série Noire, outre un recueil de nouvelles intitulé *Troubles fêtes*, une trilogie des aventures de l'inspecteur Maurice Laice : *Éros et Thalasso, Le chant du bouc* (Grand Prix du roman noir de Cognac 2001), *More is less.*

En quelques années, Chantal Pelletier s'est imposée comme un écrivain de romans noirs au talent confirmé.

Découvrez, lisez ou relisez les livres de Chantal Pelletier :

ÉROS ET THALASSO (Série Noire n° 2511)

LE CHANT DU BOUC (Folio Policier n° 262)

MORE IS LESS (Série Noire n° 2657)

TROUBLES FÊTES (Série Noire n° 2622)

LA VISITE (Folio n° 4126)

Une cuisine toute neuve

Depuis des années elle veut une cuisine intégrée.

— Sois patiente, je ne peux pas sortir une telle somme en ce moment, il faudrait brader le stock…

Il l'embrasse. Il est douceâtre, l'œil vide, sa sueur empeste. Elle pense : il vient de se fourrer dans une femme. Depuis qu'elle l'a surpris près de la décharge en train de trousser la fille Béraud, elle sait. Il la trompe environ une fois par semaine. La fille Béraud, même si elle n'est pas la seule, a droit régulièrement à sa dose liquide. Monique sourit, elle s'en fout, elle aura sa cuisine.

— J'ai assez attendu. Il me la faut avant Pentecôte.

André se lave les mains. L'eau noire qui coule sur la céramique de l'évier la dégoûte. Peut-être est-il encore séduisant, mais elle n'a plus de regard pour sa beauté. La silhouette alourdie par une superposition de pulls, de gilets, de canadiennes, il revient toujours sale de ses visites de greniers, de chiffonniers…

— Elle n'est pas si mal, ta cuisine.

— Ce foutoir ?

Tous ces appareils et ces meubles qui n'ont pas été conçus pour vivre ensemble, et si difficiles à nettoyer ! Monique entend sa sœur lui dire, le dimanche de Pentecôte, comme chaque année : « Ma pauvre, tu n'as pas encore changé ta cuisine ! » Non. Ni de cuisine, ni de mari.

Quand André était ébéniste à son compte, ils habitaient à Amiens un grand appartement haut de plafond, avec une cuisine à l'ancienne bleutée par les carreaux de faïence. Pendant des heures, tapie dans l'odeur blonde et propre de l'atelier, elle regardait son mari enfoncer ses gouges dans les planches de cerisier, les boucles de bois accrocher leur lumière à ses cheveux et à ses chemises de flanelle. Elle l'aimait. Dès qu'il s'absentait, elle se languissait de ses mains carrées, nettes et rêches, qui filotaient ses bas, remodelaient ses seins, glissaient un sexe tendre dans son ventre toujours prêt à l'accueillir…

— On pourrait commencer par un lave-vaisselle et voir plus tard…

— Non ! Je veux une cuisine sur mesure ! À force de vivre au milieu de tes vieilleries, tu ne te rends plus compte !

« Aucun sens des affaires », disait de lui son père. Monique ressasse cette phrase qui la réveille la nuit : « J'ai épousé un bon à rien. » Peu après la mort de son père, André a fait faillite. Ils ont vendu l'appartement bleuté et le patrimoine familial pour reprendre un fond de brocante. Ils se sont installés dans l'ancienne maison de campagne des parents d'André, au milieu de la Picardie à betteraves. Elle ne le lui pardonnera pas. Même pas de quoi lui offrir une cuisine, comme tout le monde !

— Lebrun est d'accord pour nous faire un crédit sur quatre ans, ma décision est prise.

Gamine capricieuse, elle le défie de toute sa haine. Il est si fatigué, elle a presque pitié. Son visage est gris de crasse. Des flocons de poussière ternissent ses cheveux. Elle devine le visage qu'il aura, dans quarante ans, lorsqu'il sera translucide de vieillesse, les traits tremblotants, pâle esquisse prête à disparaître.

— Ils viennent prendre les mesures demain.

Il ne peut pas refuser, il a tellement honte, l'imbécile, de son sexe encore moite. Ses pieds doivent être enflés dans ses lourdes bottes de caoutchouc.

— Ce que femme veut !

Elle rit. L'idiot se croit la victime du désir des femmes. Leurs yeux fouillent dans les siens comme une langue dans une bouche. Elles tètent naïvement leur pouce, lèchent leurs ongles, et, pauvre diable, il s'alourdit, fond comme un morceau de saindoux dans la poêle. Ces doigts innocents qui tâtonnent, sans y penser, comme s'ils essayaient d'ouvrir gauchement sa braguette ! Un nuage de chaleur empaquette son sexe d'une gangue dure. Certain qu'elles veulent se faire écrabouiller par lui, bouffi de lui-même, ne pensant qu'à sa verge large, il s'enfonce dans son rêve. Monique sourit. Elle sait qu'en filigrane, derrière ces pacotilles de chair rouge, c'est elle qu'il désire, figure d'albâtre qu'il n'a pas le droit de toucher, car elle se refuse.

— On pourrait essayer de garder le frigo, tout de même, grommelle-t-il en s'essuyant les mains…

— Ah non, pas le frigo !

— Il est beau…

— Il est horrible !

C'est un gros *Frigidaire* de 1960. Il a presque leur âge. Lourd, encombrant, il a appartenu aux parents d'André. Depuis quelques mois, elle a commencé à le démolir méthodiquement. Elle a arraché la marque *Frigidaire* fixée sur le haut de la porte, donné des coups de marteau sur les flancs pour en faire sauter l'émail, soigneusement déchiré l'intérieur en plastique vert, détruit le compartiment à beurre ! Elle en viendra à bout. Elle aura sa cuisine.

— C'est une pièce rare, tu sais bien.

— C'est MA cuisine ! Je ne vais pas supporter ce frigidaire jusque sur mon lit de mort !

— Je ne savais pas que tu le détestais autant !

Autant qu'elle le déteste, lui. Elle pense : il s'identifie à ce monstre. Même âge, même allure. À force de vivre avec des objets d'occasion, il a établi une familiarité maladive avec eux. Toute sa vie est une brocante. Greniers, décharges. Les filles sur lesquelles il se frotte, vite et sans habileté, lui donnent sans doute l'illusion, un bref instant, de côtoyer des objets neufs. Mais il vieillit et couvre de poussière tout ce qu'il touche. Monique aura sa cuisine.

— De toute façon, on ne peut pas discuter !

Il abandonne. Monique sourit, elle est plus forte que lui et ne doute pas de leur avenir : la haine les attache solidement l'un à l'autre ! Parfois, la nuit, elle le sent pleurer contre elle, silencieusement. Ces sanglots étouffés sont l'emblème d'un amour indestructible, elle en est sûre. Sait-il que sa détresse la rend heureuse ?

Monique regarde sa cuisine, imagine celle qu'elle va commander, en chêne massif, avec ses éclairages indirects, ses plans de travail extensibles, ses hottes aspirantes, ses tables de cuisson magiques et rougeoyantes. Elle pense : c'est comme si nous attendions un second enfant.

— Qu'est-ce qu'on mange ?

— J'ai rapporté le catalogue de Lebrun. J'aimerais qu'on y jette un coup d'œil ensemble...

Pourtant, elle ne tiendra pas compte de son avis. D'ailleurs, il n'en aura pas. Elle fait réchauffer sa blanquette.

— Maman, maman, on a construit une cabane près de la décharge, c'est super !

— Frank ! Tes bottes pleines de boue ! Je t'ai déjà dit cent fois d'enlever tes chaussures ! Tout le temps que je perds à nettoyer ici ! Vous êtes deux sales égoïstes, j'en ai marre !

Elle a une voix trop aiguë, désagréable, comme fâchée avec sa propre gorge. Elle crie souvent contre Frank. Elle ne peut s'en empêcher. Il la met hors d'elle. Et son père n'intervient jamais.

— Ça suffit, Frank !

Une fine soie se déchire en elle, trace une douleur vive entre ses côtes. La gifle menace. Frank lève les yeux au ciel. Monique a des larmes sous les paupières. Mais rien ne coule. Elle aimerait la paix. Seule dans sa cuisine propre, elle ferait chanter des échalotes dans une casserole en cuivre, et la télévision en fond sonore, douce et lumineuse…

— Enlève tes bottes !

Le sol boueux la blesse. Ses deux hommes la violentent. Parfois, elle se sent comme une femme battue. Sans personne pour l'aider.

— C'était super ! Elle est vachement belle notre cabane !

Frank aime la campagne, les bois, les chemins. Il avait quatre ans quand ils ont quitté Amiens pour la maison du Fauvet. Depuis, il court dehors avec ses copains, escalade les montagnes de betteraves, se perd dans les ruines de briques que cajolent un peu partout des ronciers et des sureaux. Réussite consolante pour Monique, car elle n'aura pas de seconde chance : le médecin qui lui a ôté un fibrome quelques mois auparavant a accepté de transgresser la loi et de lui ligaturer les trompes. « Ce que femme veut ! » Monique sourit, elle est tranquille désormais. L'idée qu'un enfant naisse de ses rarissimes faiblesses avec lui la terrorisait : l'enfant de la haine !

— Qu'est-ce qu'on mange ? demande Frank à son tour.

Et il disparaît vers la télévision du salon car Monique ne répond pas. Elle aura sa cuisine. Elle fera ouvrir une baie devant l'évier et le plan de travail principal pour voir le grand frêne. Grâce à lui, elle oubliera la laideur du plateau. Si peu d'arbres, si peu de douceur dans l'espace découvert, et, sous le ciel collé comme un pansement à la terre boueuse, ce paysage qui vous tient dans son poing fermé.

— Vous mettez la table ? lance-t-elle, selon un rituel toujours semblable.

André appelle Frank pour qu'ils fassent ensemble leur travail d'hommes. Elle remue la blanquette, pose la cuillère en bois sur sa langue, rajoute une pincée de sel, un demi-verre d'eau. Elle sourit. André va pleurer cette nuit peut-être, de honte.

— À table !

Frank a faim. Il dit « ça sent bon ». Monique se rassure. Avoir crié contre lui, la voix perdue dans son crâne, lui fait mal, mais, en se penchant sur son fils, le tiède sirop de l'affection apaise sa douleur. Ses cris ne l'empêchent pas d'aimer son enfant. Elle n'est pas responsable de ses emportements, il faut que le malheur se paie sur certains de ses actes. La violence qui l'habite doit parfois sortir de sa poitrine. Elle embrasse Frank tendrement, presse ses lèvres sur ses cheveux doux…

— Tu sais bien, chéri, je n'aime pas que tu joues près de la décharge...

Monique est soulagée, un sourire écarte ses lèvres. Elle soulève le couvercle de la casserole. Du centre de la table montent les volutes savoureuses du calumet familial.

— Vos assiettes !

André mange. Il a fermé son visage. Le pauvre ! Près de la décharge, Monique l'avait vu : pataud, pressé et maladroit. La fille Béraud, au moins, faisait son apprentissage, et, malgré l'inconfort de sa position (debout sur la pointe des pieds, pas même appuyée contre un arbre), elle éprouvait de la reconnaissance pour celui qui était en train de la prendre. Un homme, un vrai, pas un gamin de son âge qui la mouillait dès qu'il la pénétrait. En regardant ces deux pauvres ombres chevillées par leurs centres se téter l'une l'autre, Monique avait éprouvé un plaisir pur, dense comme du cristal. La fille Béraud n'avait pu jouir aussi fort qu'elle !

— Merci, avait-elle murmuré, comme si André avait obéi à un ordre.

Revenue chez elle après la séparation des deux marionnettes, Monique avait attendu André pour noter, triomphante, tous les détails de son comportement et s'en souvenir. Depuis, chaque fois, elle reconnaît les traces de sa coupable fatigue. Comme aujourd'hui. Et elle s'en fout. Elle veut une cuisine sur mesure. Pouvoir enfin entendre le cri de surprise de sa sœur lorsqu'elle viendra pour la Pentecôte : « Magnifique ! ».

*

Dans trois jours Pentecôte, Monique est heureuse. Cette nuit, elle a tendu son ventre vers lui, a fait gonfler son membre entre ses seins. Elle s'est assise sur le sexe raide, l'a serré entre ses cuisses, et André pleurait comme un gosse.

Monique sourit. La cuisine est presque terminée, le menuisier achève le raccord entre les placards muraux et la hotte aspirante. Le frigo rouillé, à l'intérieur cabossé, au thermostat hors d'usage, a été abandonné à la décharge. La procession conduisant le monstre blanc au milieu des ordures fut pour Monique le défilé de la victoire. L'ennemi était enterré, roi des détritus sur son trône d'immondices, stèle funéraire couronnant le cimetière des objets. Dans la nouvelle cuisine en chêne massif, le réfrigérateur-congélateur est plaqué de bois ciré aux moulures rustiques, et son ventre lumineux avale les provisions dans des boîtes transparentes, des casiers ingénieux, des tiroirs spéciaux réglés sur différentes températures.

Devant l'évier, une baie s'ouvre désormais sur le frêne. Dans trois jours, la sœur de Monique sera là, avec son mari et ses enfants. Le buisson de pivoines qui fleurit chaque année pour la Pentecôte est couvert de boutons prêts à déployer leurs friselis écarlates. Le bois massif de la cuisine neuve réchauffe la pièce, réchauffe le paysage, réchauffe toute la Picardie. Monique ne se sent plus menacée. Un seul agacement, fine piqûre d'insecte sur son corps apaisé : Frank n'est pas revenu pour le déjeuner. Monique déteste qu'il disparaisse ainsi. Pour oublier cette désobéissance, elle va tailler les rosiers. Son jardin doit être beau pour l'arrivée de sa sœur. En écrasant une colonne de pucerons qui montent à l'assaut des crépons orangés, elle pense avoir triomphé de la crasse et de la confusion. Sa somptueuse cuisine, l'allongement des jours se précipitant vers l'été, l'ampleur majestueuse du frêne, la vigueur des pivoines prêtes à fleurir, le pire peut être oublié. Le noir plateau scintillera sous sa couverture de maïs et d'avoine, les corolles des arbres repousseront les nuages, les foires à la brocante attirant les touristes apporteront un peu d'argent. Pendant quelques mois au moins, elle croira à un monde meilleur.

Elle rejoint André dans son atelier. Il vient de réparer une commode anglaise. Le pin, blessé par endroits, ne demande qu'à revivre. Monique s'approche pour caresser le meuble.

— Je vais passer la patine et l'encaustique.

Elle aime enduire les bois de cire. Cette odeur l'enivre, la réconcilie avec les objets, les fait entrer dans son rêve où la netteté triomphe toujours du désordre.

— Frank n'est toujours pas rentré !

— Il est peut-être à la piscine.

— Il pourrait prévenir !

Elle frotte le bois à l'essence de térébenthine bienfaitrice, étale la pâte dorée de l'encaustique. Les fibres boivent cette crème de jouvence avec une telle voracité que Monique en est émue. Elle cirera sa cuisine ainsi jour après jour pour qu'elle vieillisse heureuse en sa compagnie. André lui sourit :

— Tu devrais m'aider plus souvent.

— C'est vrai !

Le meuble brille d'une beauté neuve. Monique est fière. André vient derrière elle, pose affectueusement une main sur son épaule et la félicite. Ils contemplent un instant, paisibles, unis pour une fois, la commode revenue du chaos.

— Je vais demander aux Béraud s'ils ne l'ont pas vu !

— Ça m'étonnerait, dit André avec une grimace gênée.

Elle voit son rictus, s'accorde un bref triomphe. Pauvre imbécile !

— Je dois de toute façon prendre le beurre de la semaine.

La ferme des Béraud, sale et déglinguée, puante, n'a pas de frontière précise pour séparer les animaux des hommes. La cour est envahie de purin, de bouses de vache, de restes de nourriture pour les cochons et les poules. Monique inspire par petits à-coups, pour ne pas renifler cet écœurant ragoût d'odeurs. Dans la cuisine sombre, la mère l'accueille, essuyant à son tablier crasseux ses mains rouges qui trempent toujours dans quelque chose. Monique effleure à peine, avec dégoût, les doigts de la paysanne.

— Ah ben, madame Blot, j'allais vous porter votre beurre !

Assise dans un fauteuil d'osier près de la cheminée, la fille Béraud tourne vers Monique un visage crispé par la douleur, des yeux assombris par la fatigue.

— Ça n'a pas l'air d'aller, Marinette, dit Monique sur le ton un peu trop détaché d'une femme qui ne veut pas montrer qu'elle parle à la maîtresse de son mari.

La fille Béraud hoche la tête. Elle tient ses deux mains pressées sur son ventre, comme pour le soulager d'une souffrance.

— Bah, c'est pas grave, dit la mère Béraud, ça lui mettra un peu de plomb dans la tête, elle est pas bien fine, elle fait des bêtises, hein ? Enfin, aujourd'hui, c'est pas comme de mon temps, ça passe comme une lettre à la poste !

Monique regarde la fille Béraud. L'envie de vomir gonfle sa poitrine d'une vague lente. Elle a honte pour son mari. Il abîme et couvre de poussière tout ce qu'il touche. Tellement pressé, tellement bouffi de lui-même, il n'est même pas capable de… Monique en pleurerait de lui avoir donné son ventre la nuit précédente. Elle chancelle, tout près du seau à compost qui déborde d'épluchures, de marc de café. Elle pense à sa cuisine, au parfum d'encaustique, à la lumineuse propreté de son nouveau réfrigérateur, à la soie écarlate des pivoines. Sa sœur arrive dans trois jours et tout sera parfait.

— Comme d'habitude, le beurre ?

Monique s'accroche à cette question. Elle s'oblige à lui accorder une importance cruciale.

— Je vais en prendre une livre, ma sœur vient avec toute sa petite famille.

Sa voix est claire, nette, presque enjouée. Monique respire à nouveau. Elle se souvient qu'elle est une femme comblée, qui possède une cuisine toute neuve, et une grande baie vitrée s'ouvrant sur un frêne vieux d'un demi-siècle.

— Merci ! Vous mettez ça sur ma note ? Au revoir, mesdames, et bon courage Marinette !

— Bah ! Du moment que c'est bien fait, ces trucs-là !

Monique s'en va, traverse la cour. Sa démarche sûre, rapide, ne la trahit pas davantage que sa voix quelques instants plus tôt. Elle se félicite de son sang-froid. Brusquement, elle se souvient : elle cherche Frank. Elle se retourne. La mère Béraud la regarde depuis la porte de sa cuisine. Monique sait qu'elle va dire, dès qu'elle sera partie : « Qu'est-ce qu'elle peut se croire celle-là ! » Et Marinette aura un petit sourire satisfait.

— Dites-moi, vous n'avez pas vu Frank ?

— Je l'ai aperçu ce matin tôt, mais depuis, non ! Il est encore parti à la piscine sans prévenir ?

— Sûrement !

Elle marche en regardant sa montre. Dix-neuf heures trente ! Les jours sont si longs avec l'heure d'été ! Monique est furieuse : « ils » ont réussi à lui gâcher sa journée ! Elle passe le portail de la cour des Béraud. Le paysage ne l'apaise pas. Aucun point d'harmonie n'arrête son regard. De tous côtés, la morosité du plateau. Plusieurs églises miniatures sont posées sur l'horizon rectiligne comme des décors de carton sur un stand de foire. Elle pense : c'est un terrain militaire, où les guerres s'épanouissent mieux que partout, un champ de tir obligeant les soldats à s'enterrer dans des tranchées pour survivre, un gigantesque cimetière où les paysans labourent depuis des siècles les ruines de leurs villages mêlées comme un engrais à la terre. Monique frissonne. Juste à côté de la décharge, l'intensité lumineuse augmente brusquement. Elle lève la tête vers le ciel mou. Les nuages se hâtent de fuir cette terre sinistre, mais y reviennent sans cesse pour en gommer la laideur. Même en ce début de juin, le soleil est une transparente pastille sucée par la salive de l'hiver. Monique accélère le pas.

À la maison, Frank n'est pas revenu. Il exagère ! Elle appelle chez Antoine, son meilleur copain. Il ne l'a pas vu. Elle se tourne vers André, raide et froide.

— Pourquoi il me fait ça ?

— Il ne se rend pas compte, les jours sont tellement longs !

Il s'approche d'elle pour la calmer, la prendre dans ses bras, mais elle ne peut accepter sa tendresse. Elle pense au ventre de la fille Béraud.

— Salaud !

Le mot sort de ses lèvres comme un crachat. Il ne comprend pas. Monique s'en fout. Elle téléphone chez tous les autres copains de Frank. Personne ne l'a vu. L'angoisse commence à faire vibrer doucement sa gorge. Elle boit un verre d'eau. Le temps se fige. Une heure passe. À la lisière de ce jour trop long, la nuit avance lentement ses éteignoirs. Monique frissonne, elle enfile un pull, mais il ne la réchauffe pas.

— Un froid pareil ! Avant Pentecôte !

De nouveau, sa voix n'est pas la sienne. Elle appartient au désordre. La haine oubliée depuis le matin se redresse, grimpe jusqu'à son visage. Ses yeux font couler une eau silencieuse. Depuis quand n'a-t-elle pas pleuré ? Elle voudrait parler à André, mais elle en est incapable. Elle ne peut savourer aucune victoire sur lui, il est indigne de toute bataille. L'ennemi de Monique est ailleurs. Elle pense à un sadique qui aurait tué l'enfant dans les bois. Toutes ces horreurs qu'on lit dans les journaux !

— Je prends la voiture et je vais jusqu'au bourg, dit André. Je le croiserai sûrement sur la route.

Elle entend le moteur. La lumière des phares traverse la pièce. Elle est seule dans la cuisine, abandonnée. Chacun de ses muscle est douloureux. Elle lave soigneusement ses mains au robinet neuf de l'évier neuf. Elle recommence plusieurs fois, regarde couler l'eau savonneuse et propre sur la céramique beige. Dehors, le frêne est un fantôme sombre, menaçant. Elle déteste le crépuscule. Cette lumière noire qui arrache tous les soirs un jour au livre des comptes. Un bref spasme la traverse, elle ressent dans son bas-ventre la douleur de la fille Béraud. Salaud ! Son mépris pour André prend toute la place, endeuille tout ce qu'elle voit, tout ce qu'elle touche. Même la propreté neuve de la cuisine est glaciale. Elle caresse les moulures de chêne, ouvre un tiroir silencieux, pose sa joue sur le granit rose et luisant de la planche à découper, mais cela n'éveille pas le moindre pétillement de joie en elle. Brusquement, une bulle de verre se brise dans sa poitrine. Chaque éclat mince coupe sa chair. Un pressentiment : Frank ne reviendra pas. Elle doit aller le chercher. Demain, ils iront ensemble à la piscine, elle cuira des gaufres, elle lui achètera des vêtements neufs pour qu'il soit beau devant ses cousins. Elle quitte la maison.

— Frank !

Les nuages déploient de grandes ailes d'encre, menaçantes, sur un dôme un peu plus pâle que la terre. Des vautours prisonniers d'un drap gris, où perce par instant le halo de la lune, cachée derrière un ruban noir : Monique pense au mince crêpe porté autrefois aux cols des vestes pour indiquer le deuil.

— Frank !

Monique marche vite. Ses dents claquent. Le plateau sans couleur est plus que jamais un décor guerrier. Les ombres des buissons effrangent et déchiquettent les bords du ciel qui se dresse devant elle comme un mur. Elle avance vers ce mur. Elle sait bien qu'arrivée au pied de ce rempart, elle ne pourra l'escalader, mais elle continue. La peur roule sur elle ses gouttes de mercure. Elle frissonne devant la mare de satin noir, devine les ventres chauds d'une dizaine de vaches soufflant bruyamment dans leur sommeil.

— Frank !

La voix se perd dans l'absence de relief et de végétation. Monique voudrait crier contre son fils parce qu'il revient avec des bottes sales sur le nouveau carrelage de la cuisine. L'angoisse bat comme un abcès dans sa gorge.

Elle arrive près de la décharge. Le crassier d'immondices détache sa silhouette sombre sur le ciel. Le gros cube blanc du réfrigérateur en est le repère, comme la croix désignant les églises. Elle a besoin d'aller voir là-haut, quelque chose la pousse, elle n'y peut rien. Elle avance, main devant son visage pour ne pas sentir la puanteur, commence l'ascension du terril nauséabond. Ses pieds crèvent le plastique des sacs-poubelles. Elle regarde vers le sommet. Son ennemi, imposant menhir, dresse fièrement sa laideur blafarde. Lentement, deux nuages s'écartent devant la lune emmaillotée de brume, et la décharge apparaît comme en plein jour. Monique tressaille. Une pensée lente, horrible, s'entortille autour d'elle. Elle trébuche dans les épluchures et les déjections, souille ses mains et ses genoux. Elle court vers le monstre, pour se débarrasser de sa vision : la lourde porte verrouillée, rendue étanche par le gros bourrelet de caoutchouc, étouffant tout appel au secours. Elle se jette vers le monument d'émail et de plastique, et en saisissant la lourde poignée, elle hurle. Un corps de chiffon tombe à ses pieds, lèvres bleues, yeux ouverts fixement, visage crispé dans un dernier rictus. Monique prend son enfant dans ses bras pour le réchauffer, elle lui parle, elle crie, et rien ne le réchauffe, elle lui parle, elle crie, et rien ne lui répond. Couverte de détritus, elle étreint l'enfant. Les bottes de caoutchouc maculent son ventre de boue. Au ciel, les vautours étalent leurs ailes d'encre sur les dernières pâleurs du crépuscule. Puis la nuit tombe comme une pierre.

Une jolie berceuse

— Tu achètes les couches les plus douces, il a les fesses à vif ! Et pense à lui prendre une boîte à musique.

Myriam piaille, Maurice éloigne le téléphone portable de son oreille.

— Et pour une fois, dépêche-toi !

Soulagé d'entendre le *bip bip*, Maurice écrase son pouce sur le bouton du téléphone. Il s'appuie un instant sur la paillasse de faïence blanche où des gousses d'ail épluchées forment un monticule brillant, à côté de vigoureuses branches de menthe. À l'autre bout de la cuisine, un apprenti hache de l'oseille sur une plaque de marbre. Maurice fixe le va-et-vient, ce mouvement le berce, il lui suffirait d'abaisser les paupières pour s'enfoncer dans le sommeil, oublier les cris de sa femme, du bébé, les trois restaurants de la chaîne *Gavroche* dont il « gère la qualité ». Il ne sent pas sa tête basculer, sa pensée se perdre dans une obscurité tiède. Vingt secondes plus tard, il sursaute, son coude a fait tomber le classeur de recettes.

— Jacques, lance-t-il pour se ressaisir, tout en cassant deux feuilles d'un artichaut violet. Les artichauts ne sont pas assez tendres pour le potage.

— J'ai pas trouvé mieux à Rungis.

— Il faut dire à Rousset, s'il n'est pas capable de suivre la qualité, on s'adressera aux Italiens !

Il ramasse la « bible *Gavroche* », cinq cents recettes complétées de photographies de présentations des plats, auxquelles il doit ajouter une quinzaine de fiches : les « soupes du jour » du menu d'hiver, les amuse-gueule — une nouveauté —, et quelques inédits maison. Il se lève pour partir.

— Merci pour ce matin, dit Jacques.

— Pas de quoi !

À six heures ce matin, Maurice préparait les bouillons, les crèmes, les fonds de sauce. Le chef est absent depuis quinze jours. Infarctus. Ils ont eu beau prendre un intérim, ça ne suffit pas.

Maurice salue Jacques, file vers les fours et les frigos à pâtisserie. Simone glace un moka, un intérimaire pose une abaisse dans un moule à tarte.

— Non, d'abord le papier sulfurisé, il faut

chemiser tous les moules. Simone, vous avez fabriqué la détrempe pour les terrines ?

— J'ai une réserve pour deux jours.

— Hier, la Tatin était un peu pâle.

Simone sourit tendrement à Maurice qui détourne les yeux. Cette gentillesse l'agresse. Trop fatigué…

— Faites attention à vous, Maurice.

*

« Colchiques dans les prés fleurissent, fleurissent, colchiques dans les prés, c'est la fin de l'été. » Maurice tripote son ballon de *côtes,* il étouffe dans ce bar-tabac de la gare du Nord. L'air de la boîte à musique qu'il vient d'acheter pour le bébé trotte dans sa tête, il n'arrive pas à se concentrer sur autre chose : « la feuille d'automne… ».

— J'ai bien peur de ne pas retrouver de boulot à Granville, dit Jérôme, je me suis dit qu'avec tes trois restaurants…

Maurice accepte mal d'être devant son fils, sur le visage duquel il reconnaît pourtant ses propres traits : l'épaisseur du nez, la lèvre du dessus beaucoup plus charnue que celle du dessous, et les gros cheveux plantés trop bas.

— Ce n'est pas mes restaurants, Jérôme, je

ne suis qu'un employé, je n'ai pas mon mot à dire.

Il n'embauche jamais pour raisons personnelles, selon un accord tacite avec le patron : on surveille mal ceux qu'on connaît. Il ne fera pas exception pour son fils. Maurice s'épouvante de ne pas ressentir davantage d'affection pour cette grande perche de vingt-huit ans, dont l'image se superpose avec celle de son autre môme à qui il doit rapporter des couches très douces.

— Tu m'écoutes, papa ?

— Va voir Legrand à Cherbourg, de ma part, il embauche pour une plateforme pétrolière.

— C'est dur, les plateformes !

Jérôme fait la moue, il a peur de tout, ne manifeste aucun enthousiasme pour rien, comme Myriam, normal, ils ont le même âge. Le cœur de Maurice s'accélère, Françoise lui manque, il a besoin d'une femme comme elle, solide, ne cherchant pas à l'accabler. Il sort son chéquier, et, comme pour s'excuser :

— C'est bien payé, il paraît.

« La feuille d'automne, emportée par le vent, en ronde monotone, tombe en tourbillonnant », il ne connaît pas les autres paroles de cette foutue rengaine destinée à lui faire oublier qu'il a engendré ce dadais paumé, qui grattouille son gros pif en fumant sa Marlboro devant son troisième demi.

Il inscrit la somme sur le chèque. Il n'est pas fier, il pense à Françoise, à sa voix rauque, comme une blessure qui lui remuait le cœur. Heureux, ils travaillaient côte à côte dans leur restaurant, deux roues du même engrenage, c'était simple, cohérent, Jérôme était un bébé souriant... Maurice se ressaisit :

— J'appellerai Legrand demain.

Jérôme regarde le chèque en douce, satisfait. Il ne s'attendait pas à tant.

*

Eugène hurle, Maurice ne comprend pas comment un tel bruit peut sortir d'un aussi petit corps, il retient Myriam par le poignet :

— Je t'en supplie, laisse-le, dans cinq minutes, il s'endormira.

Myriam se dégage et s'éloigne vers la chambre du môme, Maurice se sert un double *Johnny Walker*, une bille d'angoisse obstrue sa gorge. Myriam perd la raison. Trois ans plus tôt, la pulpeuse fille de notaire qui avait de l'instruction et du savoir-vivre lui semblait trop jeune et trop belle pour lui, le plouc aux grosses mains et au gros pif, fils d'un petit charcutier de

Granville. Un cul tout neuf et des nichons qui emmerdaient le ciel, elle était un cadeau qu'il avait savouré comme une friandise, puis leur jeu de peaux l'avait vite lassé.

Il boit le verre de whisky d'un trait, s'en sert un autre, se cale dans un fauteuil. Eugène ne hurle plus, il chougne machinalement, sans conviction, un vrai fonctionnaire de la larme, doué pour le rôle du tyran, offrant à sa mère les délices de l'esclavage ! Ellc doit lc serrer dans ses bras comme si elle venait de l'arracher à un drame, façon de le persuader que, sans elle, il est menacé par un malheur terrible. Dingue ce que les bébés jouent bien la tragédie !

Il fait froid dans le pavillon, le salon est sinistre, Myriam voulait le décorer, « l'arranger à sa façon », comme elle disait. La naissance de l'enfant a enterré ses projets, elle n'a même pas posé de rideaux aux fenêtres, le pavillon qui devait avoir « des allures de palais » ressemble à un baraquement. Maurice pense au traiteur de la rue de Ponthieu fermé par l'« hygiène », quinze clients intoxiqués par un riz cantonais, une histoire emmerdante. Il doit être sur ses gardes, ces pépins ont toujours lieu en série, comme les catastrophes aériennes.

Les pleurs d'Eugène se taisent. Myriam lui redonne sans doute le sein, elle le nourrit à la demande. Ainsi, de nuit en nuit, l'enfant les empêche de dormir. Maurice ne voulait pas que Myriam l'allaite pendant huit mois, mais il n'a pas voix au chapitre. Françoise, elle, quinze jours après l'accouchement, accueillait les clients du restaurant, prenait les commandes, faisait son travail d'hôtesse…

Une heure plus tard, sortant Maurice d'un profond sommeil, Myriam se lamente :

— J'ai de plus en plus mal aux reins !

— Tu ne le prends pas assez dans tes bras ! bafouille ironiquement Maurice, la bouche pâteuse.

Il referme les paupières, il n'a qu'une envie : rattraper toutes les nuits blanches, profiter du répit que l'enfant leur accorde, les récréations sont si courtes ! Des coups résonnent contre la porte d'entrée. C'est la voisine qui apporte un paquet des *Trois Suisses* :

— Ils m'ont déposé ça ce matin, j'ai essayé deux fois cet après-midi, mais la sonnette ne marchait pas. Ce soir, j'ai insisté, je voyais de la lumière.

— Merci, madame Poicard.

— Pensez donc ! fait la vieille en s'éloignant.

— Tu as encore débranché la sonnette pour qu'elle ne réveille pas Eugène, dit Maurice, tu es folle, Myriam, complètement folle !

— Tu veux que la sonnette le réveille, c'est ça ?

— Sûr ! J'adore quand il gueule, ça me distrait !

Elle ouvre le paquet. Une grenouillère vert pomme, une bleue, une salopette en jean's. Eugène devrait mesurer soixante centimètres pendant quinze ans pour user tous ses vêtements !

— Regarde comme c'est chou ! ça change tellement des couleurs nunuches.

Il a envie de la tuer.

— On ira à Granville ce week-end ? elle demande.

— Impossible. Dufour n'est toujours pas revenu gare du Nord, et on est débordés à Matignon à cause du traiteur de la rue de Ponthieu qui...

— Et ton fils ? Tu y penses ? Il a besoin de respirer...

— Tu peux aller le promener au parc...

— Dans les gaz d'échappement ? C'est ça ? Tu ne sais pas ce que c'est, toi, évidemment ! Il faut vouloir assassiner un môme pour le sortir dans des conditions pareilles !

C'est une de ses obsessions : elle n'ouvre pas les fenêtres de peur de l'asphyxier ! L'autre jour, elle a foutu à la poubelle le bouquet de fleurs qu'il lui avait offert, parce que les mimosas risquaient d'intoxiquer l'enfant !

Myriam se redresse, brusquement inquiète, l'oreille aux aguets :

— Va voir si son interphone est bien branché, je ne suis pas sûre.

Maurice ne bouge pas. N'a pas l'intention de bouger. Il pose sa grosse main sur les cheveux de sa femme, embrasse son front :

— Tu te tues, Myriam, murmure-t-il à son oreille d'une voix très douce. Calme-toi, arrête de vérifier trois fois tout ce que tu fais, tu finis par avoir peur de ton ombre.

— Je ne te vois pas de la journée, tu rentres à des heures impossibles pour me faire des reproches, je suis épuisée, Maurice.

— L'interphone est inutile, on est à deux mètres d'Eugène et il crie suffisamment fort !

— Et s'il s'étouffe, hein ? Tu t'en fous, toi, évidemment, tu vas me dire que tu voulais pas de gosse, que c'est mon problème...

Elle hurle de pleurs. Il s'assoit près d'elle, la câline.

— Ma chérie, si tu te calmes, tout ira bien.

— Menteur ! Je te demande un seul truc et tu ne me l'accordes même pas...

Maurice s'éloigne, dos courbé, coupable de ne pas savoir la rassurer. Le bébé dort paisiblement, tout tiède dans son berceau de dentelle. Sa chambre ressemble à une ménagerie : au-dessus d'un parc multicolore, un portique gym-activités propose des jeux suspendus interchangeables : une roue, un tambour, un ourson au ventre transparent rempli de billes, une étoile avec cadran téléphonique. Un mobile-soleil entouré des quatre saisons, un arc-en-ciel, une coccinelle, plane sur le lit. Devant la caisse débordante de jouets, une pomme-anneau de dentition, une maison cachant des surprises sous son toit et le tapis d'éveil en tissus de différentes textures représentant un lapin-marionnette. Pauvre bébé ! Tous ces engrais en plastique pour le faire pousser plus vite et mieux ! Méthode aussi con que celle des cuisiniers noyant tout sous des litres de crème ! Ça, l'enfant est éveillé ! Il s'active jour et nuit. Il sait que sa mère l'a mis au monde pour s'occuper, comme d'autres prennent une boutique histoire de voir du monde !

Maurice se sent vieux. Il revoit le sourire de Françoise la première fois qu'ils sont entrés en propriétaires dans leur restaurant de Granville : elle portait sur elle toute la lumière. Maurice a du mal à soulever sa poitrine, son ventre pèse entre ses cuisses, il voudrait qu'on lui foute la paix. Assis dans la pénombre silencieuse de la chambre, il pense : « Je n'aime pas Myriam. Je ne voulais pas d'enfants après Jérôme. Ma joie à la naissance d'Eugène a été gâchée par cette sensation terrible de me trouver devant un doublon ». Il tourne la clé de la boîte à musique : « La feuille d'automne emportée par le vent. »

Une heure plus tard, il trouve Myriam endormie sur un fauteuil du salon, il n'ose pas aller au lit sans elle. Le téléphone sonne au moment où il s'écroule dans le fauteuil, il se précipite. Elle gueule :

— C'est dingue ! Qui appelle à neuf heures et demie du soir ?

— Allô ?

— C'est Jacques du *Gavroche* de la gare du Nord, excuse-moi, mais mon copain de l'« hygiène » prétend que le *Gavroche* de la place Clichy est sur leur liste pour demain ou après-demain.

— Merde ! Le coup de la rue de Ponthieu ! J'avais un pressentiment ! OK ! Merci, j'ai mis en marche le grand nettoyage l'autre jour, mais il va falloir faire dans les coins. À demain, Jacques, merci !

Maurice raccroche, embêté, la place Clichy est son plus gros souci. L'autre jour, il a trouvé une souris dans l'arrière-cuisine, le chef a tendance à lever le coude.

— Ils ne savent pas que t'as un bébé ?

Elle hurle. Maurice s'en fout.

— Ces mecs n'ont aucun savoir-vivre. Tu bosses suffisamment comme ça ! Il faut en plus qu'ils t'emmerdent la nuit !

Le vieux monstre est las :

— C'est pas « la nuit », Myriam, le monde entier n'a pas les horaires d'Eugène ! J'ai tout de même le droit de recevoir un coup de fil à neuf heures et demie du soir !

Eugène se met à hurler.

— Tu vois ! fait-elle, dents serrées.

Indifférent, Maurice attrape son attaché-case. Myriam disparaît vers la chambre. Il faut qu'il note ce qu'il doit passer en revue demain matin à Clichy avant la venue de l'« hygiène » : les frigos, le local des poubelles, les placards. Il arrivera à six heures, commencera par… Brusquement, une idée se fait jour, quelque chose qui lui manque, qu'il n'a pas vu, qui… son portefeuille ! C'est ça ! Son portefeuille n'est pas dans son attaché-case. Ni dans les poches de sa veste ! Il réfléchit, il l'avait encore quand il a rempli le chèque pour Jérôme…

Gueulant comme un fauve, Eugène fait irruption dans les bras de sa mère qui sautille sur place en lui chantonnant doucement : « fleurissent, fleurissent, colchiques dans les prés… ».

— Il ne va pas dormir, Maurice, je le sens.

Maurice s'en fout.

— J'ai paumé mon portefeuille !

— Tu l'as laissé au restaurant ?

— Non !

— À la pharmacie ?

Il a envie de lui faire mal.

— Au bistrot près de la gare du Nord !

— Quoi ? Tu vas au bistrot pendant que je suis là à me morfondre, tu es monstrueux, Maurice !

En colère, le bébé ressemble à un gnome. Maurice essaie de se remémorer l'instant où il a payé l'addition. Jérôme parlait du remariage de sa mère, de l'hôtel que Françoise tenait avec son nouveau mari à la Réunion, à cent mètres de l'Océan. Maurice ne laissait rien voir, mais ça lui foutait un coup d'imaginer Françoise…

— Salaud ! À quoi tu joues, Maurice ?

— J'avais rendez-vous avec Jérôme, il a paumé son boulot sur le chalut.

Elle encaisse le coup, puis :

— Il t'a encore tapé, ce minable ! J'en ai marre !

Maurice préférait lui cacher ce rendez-vous pour éviter une scène, mais désormais, cela n'a aucune importance, la représentation est sans entracte.

— Je ne veux pas qu'il foute les pieds ici, tu m'entends ?

— C'est bien pour ça !

Maurice essaie de faire le point, il a embrassé Jérôme, il se sentait mal, il avait envie de crever, il a laissé le portefeuille sur la table… oui, c'est ça, il voulait se débarrasser de tout, il a réussi, il a tout paumé : carte bleue, permis de conduire, carte d'identité. C'est un signe, tout lui échappe, il n'est pas à sa place, il s'est gouré sur toute la ligne…

— Je croyais que vous étiez fâchés, elle dit.

Maurice a du sable dans le gosier.

— Ce grand débile !

— Tais-toi, Myriam !

Maurice se lève pour téléphoner au bistrot, s'arrête… Il brandit le portefeuille qui était sous ses fesses :

— Quel con !

Myriam le fusille du regard, se balance machinalement en tenant l'enfant contre elle. Parfois, le bébé se tait quelques secondes, et le silence a une épaisseur de forêt.

— Pourquoi tu ne m'as pas dit que tu l'avais vu ?

— Parce que tu m'emmerdes !

Elle pleure en silence. Eugène continue de chougner. Le duo est synchrone. Un chœur du fond des âges.

— Je sens qu'il ne va pas dormir, elle dit.

— Bah, il est obéissant !

Le ton est méprisant.

— Qu'est-ce que ça veut dire ?

— Il a besoin de calme, c'est tout !

— Je ne te le fais pas dire ! Avec un téléphone qui sonne sans arrêt et un père qui court comme un dingue… Pourquoi tu as vu Jérôme ?

— Parce que c'est mon fils !

— Eugène aussi !

— Arrête, Myriam !

Il gueule. Il a envie de la frapper. Elle se tait. Eugène pleure, sans force, machinalement, plein de bonne volonté.

— Il faut faire quelque chose, elle dit.

— Dormir !

— Égoïste !

Il se lève. Elle le supplie :

— Tu te souviens, quand on est parti à Granville l'autre soir, il a dormi pendant tout le trajet, il adore la voiture !

Sa voix est très très douce :

— Il ne s'est même pas réveillé quand on est arrivés. On pourrait peut-être…

Elle n'ose pas finir sa phrase.

— Non, Myriam, pas question !

— Mais merde, combien de fois tu as repris ta bagnole pour retourner au restau à dix heures du soir ? Ton foutu boulot compte davantage que le sommeil de ton fils !

De rage, elle secoue un peu plus fort le gosse qui hurle à nouveau.

— Il ne fallait pas faire d'enfant !

C'est vrai, elle a raison, il ne voulait pas. Il l'affronte. Courageux quelques secondes, il la fixe, menaçant, elle baisse les yeux.

— Pas question de prendre la bagnole maintenant, Myriam, je suis fatigué, il faut que je dorme. Je me lève à quatre heures et demie demain.

— Tu es un monstre !

Dans la Mégane, « colchiques dans les prés, c'est la fin de l'été ». Dehors, la brouillasse sous un ciel mat une nuit de février. Maurice file sur les *Maréchaux*, glisse dans les tunnels de faïence à la blancheur crasseuse. Ses paupières sont lourdes, il serre ses mâchoires, Myriam est assise à l'arrière, le gosse endormi sur ses genoux, une tétine dans la bouche. Il aurait dû se contenter de prendre du bon temps avec elle. Ne pas l'épouser parce qu'elle était enceinte. Il ne sait même pas si elle le ferait encore bander, ils ne baisent plus, elle a mal depuis l'accouchement, ou lui est trop crevé, ou le marmot qui hurle au bon moment…

L'idée qu'il va se lever à quatre heures du

matin, parce qu'un imbécile de la rue de Ponthieu a laissé dauber son riz cantonais, le rend dingue. Il se fout de l'idylle plausible entre l'« hygiène » et les souris de la place Clichy, il n'irait jamais dîner dans un *Gavroche*, il n'aime pas la décoration, les nappes, la carte, les serveurs interchangeables qu'on peut virer du jour au lendemain. Au *Granville*, il connaissait son monde, peaufinait la moindre recette pendant des mois, transfigurait un plat d'un brin d'aneth, d'une cuillère à café de vinaigre de cidre… et l'« hygiène » pouvait venir fouiller dans ses placards, c'était nickel !

Tout est de la faute de Françoise. « J'en ai marre de vivre avec un plouc », et elle est partie avec un diplômé d'HEC, dix ans de moins qu'elle, le gros Maurice ne pouvait tenir le choc, sept ans plus tard, il épousait Myriam, vingt-quatre ans de différence d'âge !

La Mégane pile à un feu rouge, Maurice est au *Granville*, face à l'Océan cotonneux qui, au loin, couvre et découvre les minuscules dents des îles Chausey. Françoise et lui ne comptaient pas leur temps. Jamais de livraison, pas de surgelé, du frais, acheté au coup d'œil, une clientèle d'habitués, les notables du coin, des touristes l'été, un contact permanent. Maître de tout, Maurice était fier de son restau. Aux

Gavroche, rien à voir, c'est de l'industriel ! S'il s'est résigné à ce boulot, c'est parce que sans Françoise, il n'est qu'un morceau de quelque chose.

À l'arrière de la Mégane, Myriam dort contre Eugène. Maurice fonce dans la lumière sableuse qui ceinture Paris. Des fourmis courent sur ses mains, les réverbères filent au-dessus de sa tête, étoiles dérisoires entre les immeubles en briques sombres, et la rengaine qui le pousse à dormir : « colchiques dans les prés… ».

Si Françoise le voyait en gros Babar au bout du rouleau, obligé d'endormir son gosse en roulant la nuit sur les *Maréchaux*, elle se demanderait comment autrefois, elle a pu ! Et Jérôme qui le prend pour un nul. Au bistrot de la gare du Nord, il aurait dû lui proposer de reprendre un restaurant à Granville avec lui ! Vivre à nouveau face à l'Océan, avec le regard qui fait le tour de la terre. Maurice aurait formé son fils, il est devenu pédagogue à Paris. Pourquoi ne lui téléphonerait-il pas demain ? Oui, il l'appelle, ils dîneront ensemble le soir même pour se mettre d'accord, Myriam sera furieuse, tant mieux ! Il l'emmerde ! Il va renverser la vapeur, attaquer sa femme de front, ne plus céder à ses caprices. Ils appelleront le restau *Chez père et fils*.

Père et fils. Françoise sera fière d'eux. Se reposer les paupières, profiter de cette pause en attendant l'Océan. Juste quelques secondes, il en a trop besoin. Il entend déjà le barattement de la mer au pied de leur terrasse… Un fracas, la Mégane s'encastre sous le cul d'un camion, entre deux voyants rouges. Du concassement de tôle et de verre : « colchiques dans les prés fleurissent fleurissent… ».

La trêve du samedi soir

Lolo arriva la première avec un Lussac saint-émilion 1995. Gaby préparait sa tapenade pendant que défilaient sur son grand écran plat des extraits de matches de foot dont elle avait coupé le son.

Lolo s'assit sur le minuscule canapé tapissé de velours ocre, le seul meuble que possédait Gaby. Pas mode mais commode, il se dépliait en un lit d'une personne. Gaby se moucha bruyamment :

— Je suis enrhumée, excusez-moi !

— C'est mignon, chez vous !

— On peut se tutoyer si ça vous dérange pas, je préfère, sinon, j'ai la langue qui fourche.

— D'accord !

Dès l'arrivée de Lolo dans l'immeuble, Gaby avait décidé que sa nouvelle voisine de palier deviendrait son amie. Une fille mignonne avec qui passer des soirées à papoter, et qui garderait ses chats lorsqu'elle s'absenterait. Une chance !

— Goûtez-moi cette tapenade maison, vous m'en direz des nouvelles.

Pour montrer l'exemple, Gaby trempa un triangle de maïs dans le bol de pâte vert bronze et fourra le tout dans sa bouche avec gourmandise.

— Vas-y, insista-t-elle dans un grognement inaudible, sa bouche pleine l'empêchant d'articuler.

Un petit sourire gêné anima le visage de Lolo, qui se servit de tapenade en transformant sa tortilla en petite pelle avant de la porter délicatement à ses lèvres. Gaffe ! Il fallait y aller doucement avec cette gamine si bien élevée, tout semblait l'effaroucher, elle avait un côté oie blanche.

— Bous habitiez où, abant ?

Gaby se moucha, elle se voyait déjà passer son dimanche clouée au lit !

— Rue du Vertbois !

— Vous êtes parisienne, alors ?

— Je suis née rue d'Alésia.

Ce n'était donc pas son côté provincial qui rendait Lolo bizarre. Plutôt sa timidité, sa voix douce qui ne voulait pas déranger. Gaby pensa qu'elle avait une bonne dizaine d'années de moins qu'elle, trente, trente-deux. Incroyable d'être si sage si jeune.

Lolo examinait les photos épinglées au mur de tous les « fiancés » de Gaby : Zidane, Cassavetes, Bruce Willis, Donald Sutherland, Desailly. Chaque photo était soigneusement encadrée et dédicacée d'une même écriture ample et régulière : *à Gaby pour la vie, à ma Gaby adorée, que serais-je sans toi, ma Gaby.*

— Un petit verre ? fit Gaby en ouvrant le saint-émilion. Tu préfères un whisky, un porto ?

— Du vin, c'est bien…

Gaby la vit voler une cigarette dans son paquet sans lui en demander l'autorisation, ça la rassura, cette gamine n'était pas une sainte.

— T'aimes le foot ?

— Pas spécialement, fit Lolo, avec une moue amusée.

— Même les cuisses des footballeurs ? Moi, c'est mon dada. Comme j'ai deux magnétoscopes, je monte moi-même les moments les plus érotiques, ça me prend un temps fou !

Lolo riait, c'était peut-être gagné, il fallait être patient, laisser faire la télé, les cigarettes, le saint-émilion.

— Regarde Desailly quand il enlève son tee-shirt et qu'il tombe à genoux, c'est sublime ! Surtout qu'il pense à moi, à ce moment-là, j'en suis sûre, on lit sur ses lèvres, « ma chérie », t'as vu ?

Lolo riait de plus belle, ça faisait plaisir à voir.

— Regarde, regarde, je reviens en arrière, là, voilà, oh bon sang, la bête, j'en ai la chair de poule, il enlève son tee-shirt, il tombe à genoux : « ma chérie ! ». Géant, non ? C'est un grand fiancé à moi, Desailly !

— Vous n'en avez pas un en chair et en os ?

— C'est plus mon rayon !

Gaby ne s'attarda pas sur ce chapitre. Le moment était mal choisi pour narrer par le détail et le ridicule ses amants d'autrefois, cent vingt au moins, elle avait compté un jour, et encore, elle en avait sûrement oublié ! Gaby brûlait de sortir à la petite son discours habituel : les hommes sont infréquentables, ou alors en passant, sans s'attarder, ce qui n'offre strictement aucun intérêt, les aventures de ses copines quarantenaires ne lui laissaient aucun doute à ce sujet. Pour s'obliger à se taire, elle partit vers la cuisine, c'était l'heure de cuire le gigot.

— Et vous, vous vivez avec un fiancé, n'est-ce pas ? Je l'ai aperçu le jour du débédagebent, elle fit en revenant, accompagné d'un éternuement peu distingué.

Gaby l'avait trouvé très sexe, le mari, Lolo avait de la chance !

— Je suis mariée depuis sept ans, on a déménagé parce qu'on voudrait un enfant.

— Et il est pas avec vous, un samedi soir ?

— Il est dans le cinéma comme moi, il bosse sur un tournage à Lisbonne.

— Script aussi ?

— Directeur de production.

— Vous allez être la seule femme mariée de la soirée ! Il y a deux-trois ans, je passais mes samedis seule chez moi : toutes mes copines avaient des mecs. Ça m'embêtait, parce que, le samedi, c'est le seul soir où je peux picoler, me coucher tard, et cuver tout le dimanche....

— Qu'est-ce que vous faites ?

— Caissière aux Galeries-Lafayette. Depuis quelque temps, une chance, toutes mes copines ont des histoires avec des mecs mariés ! Pas question de s'envoyer en l'air le samedi soir que monsieur passe en famille ! Donc, c'est rituel, on se voit le samedi. Je suis la seule à ne pas faire partie du club adultère, non merci ! S'il faut prendre les restes, je préfère la retraite.

— Vraiment ?

— Vraiment ! Quand je vois Florence ! Elle quitte son mari après vingt-deux ans de vie commune parce qu'un collègue de bureau lui révèle l'orgasme dont elle n'avait lu que des descriptions dans des magazines féminins, c'est dire l'incompétence du mari, on pleure ! Mais le nouveau petit camarade de jeu de Florence n'estime pas nécessaire de quitter sa femme. Ça, on sait, ils quittent peu ! Dotés de grands pieds, ils ont un contact important avec la réalité terrestre, et savent que le cœur et le sexe sont deux organes séparés.

— Y a des couples qui marchent, tout de même !

— Qui courent ! Surtout les mecs ! Pourquoi pas ? Qu'un mec serve à plusieurs, je suis pas contre… pour les autres !

— Sympa pour sa femme, quand même, souffla Lolo, qui avait toujours été fidèle à son mari et n'avait jamais envisagé les choses différemment.

— Chez moi, dans le Morvan, on dit « la fidélité est au chenil » !

Gaby se mordit la lèvre. Elle ne pouvait s'empêcher de mettre les pieds dans le plat. Et son rhume qui empirait, elle sentait la fièvre monter, c'était bien sa veine !

— Pas le tien, rassure-toi, quand je dis neuf sur dix, c'est de la provoc ! Mulhouse, pas touche la tapenade !

L'odeur du gigot émoustillait Mulhouse et Édimbourg, les deux chats.

— Ils sont superbes !

— Vous aimez les chats ?

— Oui, pas trop les chiens, mais les chats, ça va !

Gaby s'en réjouissait, Lolo pourrait garder ses petits chéris à l'occasion. Ses vrais amours. À la fois ses enfants et son compagnon, avec qui parler, être toujours d'accord, contre qui se réchauffer.

Coup de sonnette. C'était Florence et Élisa. Gaby fit les présentations, proposa sa tapenade, inspecta les bouteilles de rouge avant de les ouvrir, remercia Élisa de lui avoir apporté une bougie aux fruits confits, c'était son parfum préféré pour la maison, d'une délicatesse inouïe :

— Je vais l'allumer, parce que vous allez encore fumer comme des soupes au lard, je vous connais !

— Tu sais bien que je fume plus, bougonna Élisa, j'ai retrouvé mon odorat, et ce n'est pas qu'une chance.

Gaby expliqua à Lolo :

— Élisa est gérante d'une boutique *Occitane*, vous savez, ces magasins qui vendent senteurs, huiles, bougies, encens.

— On me l'avait raconté, je ne voulais pas y croire ! Le nombre de gens qui pètent quand ils entrent dans la boutique, c'est dramatique ! Si ça continue, je vais me remettre à fumer.

Florence lui tendit son paquet, Élisa refusa :

— Mauvais pour mon teint !

— Tu te soignes pour le petit nouveau ?

— Faut bien !

— C'est la plus récente de nos adultérines… Combien ? Un mois ?

— … et demi !

— Une peccadille ! fit Gaby. Florence, elle, ça fait sept ans qu'elle est avec un mec marié.

— On commence pas sur ce chapitre !

Sonnette. C'était Sylvie.

— Je vous présente Lolo, mariée, Sylvie, raide amoureuse d'un critique gastronomique qui la saute vigoureusement entre deux dégustations.

— Je t'en prie, un peu de discrétion !

— C'est pas mon fort, grommela Gaby. Bois au lieu de faire la gueule. Qu'est-ce que t'as ?

— Sa femme est enceinte de huit mois !

— Et alors ?

— Soi-disant il couchait plus avec elle, et elle est enceinte, ça me dégoûte !

— Pourquoi il te l'a dit ?

— Je les ai rencontrés au BHV, tu y crois, toi ? Lui à son bras, et elle derrière son gros bide. J'ai failli vomir sur les soldes.

— Tu les crois tout de même pas quand ils disent qu'ils ne touchent plus leurs femmes ? maugréa Florence.

Lolo fumait comme une cinglée et buvait ses verres de rouge cul sec, elle n'aurait jamais dû venir, ces vieilles lui répugnaient avec leurs histoires salaces, leurs pattes d'oie et leurs cous pleins de peau. Lolo détourna les yeux de leurs gestes obscènes, fixa l'écran de télévision où couraient et sautaient toujours des cuisses de footballeurs. Elle n'osait pas partir.

— Hé ! Gaby ! s'esclaffa Élisa. Tu te souviens ? celui qui te retournait dans tous les sens pour te montrer ce qu'il savait faire !

Elle dénuda son dessous de bras et le désigna en ricanant :

— Hé ! Là ! Y a des poils ! Y a peut-être un trou !

Lolo aurait aimé partir, elle n'en pouvait plus de ces vieillardes obsédées et aigries, qui essayaient de se réconforter par des plaisanteries grossières. Sur les tournages, Lolo avait l'habitude des assemblées écœurantes d'hommes entre eux, de femmes entre elles. Des rires grinçants qui masquaient d'angoissantes misères sexuelles. La non-mixité d'un groupe transformait ses membres en éprouvantes caricatures mâles ou femelles. Trop sexués, les individus devenaient inhumains. Lolo pensait à Michel. Encore cinq jours avant son retour de tournage. Il lui manquait. Leur amour était loin de ces minables duperies. Ils s'aimaient. Bientôt, ils auraient un enfant. Le cœur de Lolo se gonfla de tendresse. Elle mesurait sa chance d'avoir rencontré un homme tel que lui. Sa chance de ne pas être comme ces femelles délaissées, trompées, humiliées.

— Arrête, arrête, je pleure de rire, je bais perdre bes berres de contact, hurla Gaby, saoule, et le nez en lumignon à force de se moucher.

C'était au tour de Sylvie de ridiculiser son amant qui avait eu le culot de la tromper avec sa femme. La description de sa queue en tire-bouchon soulevait de grands éclats de rire et Lolo se sentait prise de nausée. Deviendrait-elle aussi une quarantenaire obsédée d'amour, grappillant quelques plaisirs dérisoires auprès d'hommes mariés ?

— Et ce petit dernier, on peut en savoir plus ? demandait Florence à Élisa. Quel âge ?

— Trente-six ! Sept ans de moins que moi !

Lolo tanguait mais continuait à boire. Tant pis si elle vomissait sur le coco de Gaby, elle n'éprouverait aucun remords et pourrait s'enfuir. Elle se resservit un verre qu'elle but d'un trait.

— Et sa femme est carrément de douze ans plus jeune que moi ! Vous vous rendez compte, continuait Élisa.

— Les jeunes ne savent pas y faire, aucune n'est aussi bonne travailleuse que nous, j'en suis sûre, proclama Sylvie. T'as une photo ?

Elisa se fit prier et sortit la photo.

— Pas mal ! s'exclama Florence.

Sylvie s'en empara à son tour et lança un sifflement admiratif. Gaby se moucha et pensa qu'il était temps de baisser le thermostat du four, son gigot allait cramer. D'ailleurs, son nez libéré détectait une vague odeur de brûlé et un brouillard s'étalait mollement devant la porte de la cuisine :

— Nom de Dieu !

Elle se précipita au moment où Lolo se levait, pâle comme une couche neuve, les yeux injectés de colère.

— Excusez-moi, je rentre !

Gaby en oublia gigot et brouillard, la petite avait effectivement l'air prête à tomber dans les pommes, hypoglycémie peut-être, ou bien elle était enceinte…

— Il faut que tu manges, ça va bientôt être prêt…

— Non, non, merci, il faut que j'y aille, fit Lolo en hurlant presque.

Elle avait les larmes aux yeux, Gaby s'en voulait. Elle aurait dû l'inviter un soir, tranquillement, sans les autres, elle était trop bête !

— Tu beux que je te raccompagne, tu beux que je bienne t'apporter à banger tout à l'heure ? elle proposa, tendre, presque maternelle.

— Non, non, laissez-moi !

Le silence se fit. Gaby essayait de retenir Lolo qui se dégagea avec fureur et lui claqua la porte au nez.

— On y a été un peu fort !

— Elle a trop bu ! Elle sifflait le rouge comme de la limonade, elle doit pas avoir l'habitude.

— C'est dur de se retrouver au milieu de quatre mégères comme nous, concéda Sylvie, réaliste.

— On va pas allumer des cierges au Père-Lachaise sous prétexte qu'une mijaurée nous a trouvées un peu vulgos !

— Facile à dire ! C'est ba voisine de palier, je comptais bien b'en faire une copine !

— Tu diras du mal de nous, tu ne manques pas de savoir-faire, et vous vous rabibocherez facilement.

Le repas fut morne. Gaby, d'humeur massacrante, se mouchait de plus en plus souvent. La fièvre profitait de son état de faiblesse coupable pour attaquer plus fort. Ses tempes battaient, sa peau lui faisait mal. Les deux chats avaient fui la pièce pour se réfugier dans sa chambre. Ils étaient d'accord avec Lolo.

En pignochant son gigot trop cuit, Sylvie se mit à pleurer sur son sort : la nouvelle naissance allait accaparer son chéri.

— Deviens la marraine, ça crée des liens ! proposa Florence.

— J'en ai marre de votre cynisme de vieilles taupes ! hurla Sylvie en jetant violemment ses couverts dans son assiette. Marre ! Vous me débectez ! Elle a raison, la petite, d'être partie. Vous me sortez toutes par les yeux !

Elle éclata en sanglots. Ses larmes la démaquillèrent tragiquement, la barbouillant de rimmel jusqu'au menton.

Quand Gaby sortit son tiramisu, personne ne s'exclama. Toutes quatre étaient rondes et accablées. Les footballeurs et leurs cuisses avaient disparu du téléviseur, remplacés par une neige grésillante, et personne ne songeait à remettre une cassette.

Il n'était même pas une heure du matin quand Gaby raccompagna ses copines à la porte, soulagée d'en finir avec cette soirée ratée. La caissière enrhumée les regarda tituber vers l'escalier, hagardes et moches, et un grand coup de cafard la saisit. Elle s'approcha de la porte de Lolo. Pas un bruit. Une odeur bizarre venait de l'appartement. Mais avec son rhume et tout ce qu'elle avait fumé, sans parler de ce qu'elle avait bu, elle ne savait l'identifier.

Chez elle, ça puait le tabac et les mégots froids devant la neige télévisée. Elle ouvrit la fenêtre, prit une bouffée d'air frais. Dans la rue, cinq étages plus bas, un couple enlacé zigzaguait joyeusement. Sur le trottoir d'en face, résonnaient des talons. Gaby retint son souffle : c'était Lolo qui s'éloignait lentement, un peu courbée… Gaby en éprouva un étrange soulagement… La petite n'était pas malade, juste un accès d'humeur. Gaby se sentit moite d'un coup, elle était trop saoule, l'étau de la migraine serrait ses tempes, torturait son crâne, il fallait qu'elle prenne son petit cocktail habituel citrate de bétaïne-aspirine…

Elle se retourna vers le désastre de son salon. Punie, délaissée, elle avait envie de pleurer. Même les chats, réfugiés dans sa chambre, refusaient de se frotter à elle. Elle remit en place le portrait de Desailly « *à Gaby pour la vie* ». En se penchant, elle aperçut un rectangle blanc sur l'ocre du canapé, le retourna, c'était une photo.

— Nom de Dieu, elle murmura entre ses dents.

Il lui fallut quelques secondes pour s'assurer qu'elle n'avait pas la berlue. Le mari de Lolo l'amant d'Élisa ? Gaby manquait d'air. Tout se rassembla dans sa tête : sortant d'un brouillard plein de rhume, de fiancés factices, de plaisanteries salaces et de mégots froids, Lolo partait, pendant que les trois sorcières du samedi soir descendaient l'escalier avec une lenteur de cloportes avinés. Gaby s'extirpa du canapé. Elle identifiait parfaitement l'odeur qui sortait de l'appartement, une odeur épouvantable, presque suffocante… Le gaz !

Intimités

Sur les pavés du vieux Bordeaux, le tracé du corps à la craie. Sur la civière, une pulpeuse beauté, lèvres peintes, cou de velours, cuisses crémeuses. Joëlle referme sa gabardine sur sa jupe, croise ses bras sur son ventre. Elle aurait aimé connaître cette splendeur debout, lire dans son regard ses chances de la séduire. Elle se sent vidée, chair emportée par les brancardiers. Cette fille lui ressemble. À peu près son âge. Elle ne pense qu'à cette ressemblance.

Il fait gris et moite. Air poisseux. Joëlle regarde s'éloigner l'ambulance. Ce sera sa dernière enquête. Car il y aura une enquête, elle en est sûre. Elle refuse de croire au suicide.

La mère Agostari chiale à gros bouillons. Grande et sèche.

— Pourquoi nous a-t-elle fait ça ? Pourquoi ?

Cette manie de se pleurer plutôt que le mort.

Le père se sait trop séduisant pour l'être tout

à fait. Version bourgeoise de Harrison Ford en moins musclé, plus froid, plus fermé. Droit et raide, il garde sang-froid et quant-à-soi. Les hommes surmontent mieux le chagrin que les femmes, moins d'eau dans le corps, davantage de fer. Ce cliché se vérifie chez les Agostari, probables partisans du mariage à quatre — papa, maman, le fric et Dieu —, spécialité girondine aussi traditionnelle que les crus bourgeois, et visant à perpétuer le patrimoine plus que l'espèce.

Joëlle ne s'est pas habituée à cette ville grosse d'un passé qu'elle porte bas et dont elle ne se délivre pas. À Bordeaux, les gens possèdent. Leur trop lourd héritage intoxique l'air, l'eau, les rues.

— Personne ne s'est jamais suicidé dans la famille ! commente papa.

Joëlle lève les yeux vers la façade de l'hôtel particulier XVIIe aux hautes fenêtres moulurées :

— Vous me faites la visite guidée ?

Harrison obtempère, poli, très vieux beau, sourire bourré de calcium :

— Je vous en prie, si vous permettez, je vous précède, excusez-moi…

Obséquieux, ridicule, attendrissant aussi, car préoccupé par sa femme. La pauvre se tord les mains, Joëlle l'imagine se fourrant la tête dans un sac en plastique, l'aspirant par le nez et la bouche pour le coller à son visage et en finir à la manière de Bernard Buffet. Idée imbécile, mais Joëlle aurait préféré le suicide de cette grande bringue à celui de sa fille. Racheter une mort par une autre, espoir du flic qui rêve de choisir ses cadavres. Joëlle sait bien. Au rayon poulet, ni label rouge ni qualité fermière, elle joue la volaille aux os mous, nourrie à la farine et abrutie à la lampe. Un poil d'intuition, deux larmes d'exaspération. Dans l'affaire Agostari, les ingrédients y sont : hypothèse d'un assassinat, rogne contre une famille bourgeoise, Joëlle ne sera pas bonne poularde sur ce coup-là.

Indiana Jones conduit le lieutenant de police, sa gabardine et ses os mous vers un ascenseur privé, un ascenseur de riches. Si Joëlle croyait en Dieu, elle penserait qu'il l'a envoyée pour la punir chez ces nantis bordelais empêtrés dans les dentelles et pommades de Louis XIV. Elle a grandi à Bagnolet, dans une cité HLM qui ne s'encombrait pas de patrimoine. Parfois, elle se dit que c'était un choix. Et le bon.

Au quatrième, le grenier mansardé a été aménagé en chambre, dressing, salle de bains. Joëlle examine la grande pièce, blanche comme le parquet et les poutres. Très peu d'objets, aucun livre. Un vaste lit carré couvert de piqué blanc trône au centre, face à une télévision géante à écran plat.

— C'était l'appartement de Patricia, explique Harrison. Notre fils Didier dispose d'une surface identique à l'étage en dessous.

Joëlle s'informe. Didier, vingt-neuf ans, guide pour *Terres d'aventures* en Jordanie, conduit des groupes de randonneurs dans les ruines de Pétra et les sables du désert de Lawrence d'Arabie.

— Il vient souvent ?

— Il n'est pas revenu depuis deux ans…

Papa parle du télégramme qu'il va envoyer. Suicide. Le mot passe mal dans sa bouche. La fenêtre est encore ouverte. Joëlle avance. Comment choisit-on sa façon de se suicider ? Pour laisser un message aux survivants ? Ou par simple commodité, le désespoir ne s'embarrassant pas de complications matérielles ? Buffet, par exemple, a dû se cacher dans un couloir pour s'étouffer dans un sac en plastique car son entourage l'épiait, ôtait de sa portée armes ou médicaments, et sa faiblesse, les tremblements de ses mains dus à un parkinson lui interdisaient certains gestes.

Penchée à la fenêtre, Joëlle se rappelle un film qui l'avait bouleversée. Un type avançait dans la mer, continuait de marcher jusqu'à disparaître. Lentement. Il se contentait de marcher. Patricia a avancé vers la fenêtre, continué jusqu'au vide... Joëlle y croit-elle ?

— C'est de là qu'elle a sauté ?

— Probablement.

La défenestration. Échapper à la pesanteur, gagner la lumière, l'espace, la liberté. Un bref instant, le rêve vit. D'un coup, la réalité le tue. Image parfaite de la vie : même longue, elle tourne court.

Joëlle contemple la mer de toits roses. La ruelle étroite, l'immeuble d'en face aussi haut que la demeure Agostari. Pas d'envol vers la lumière, l'espace. Joëlle imagine. Mal. Patricia ouvre les battants. Enjambe l'appui de la fenêtre. Le cri. Le bruit de l'impact sur les pavés. Les voisins disent qu'elle a crié pendant sa chute. Façon de dire non, de dénoncer. Qui ?

Trente-six ans, hôtesse de l'air, ni fiancé, ni amant officiel, pourquoi Patricia revenait-elle plusieurs fois par an dans cet appartement qui ressemble à un décor, pas à une habitation ?

— J'imagine qu'elle avait un autre pied-à-terre...

— Patricia aimait l'hôtel.

Sur les murs nus, seuls une calligraphie japonaise et un agrandissement photographique représentant un aquarium empli de poissons multicolores. Un mur tapissé de miroirs accentue l'impression de dépouillement. Patricia détestait les meubles et les objets.

Joëlle croit comprendre pourquoi en entrant dans le salon encombré de meubles anciens, de tableaux de maîtres, de bibelots. Le père et la mère vivent par et pour les objets : lui commissaire-priseur, elle antiquaire. Joëlle étouffe au milieu de ces appels aux enchères. La multiplication du message « je possède donc je suis » raréfie l'oxygène. Au-dessus d'un chesterfield, une toile de Buffet. Joëlle frissonne. Le portrait d'Annabel évoque curieusement la triste maigreur de la mère Agostari. L'éplorée a-t-elle été sensible à cette ressemblance ? Joëlle en éprouve une vague sympathie pour elle.

Papa et maman répondent aux questions. Ils venaient de rentrer. Maman est montée dans la chambre de sa fille… vide, fenêtre ouverte.

— Vous dites que Patricia était arrivée la veille… Elle paraissait déprimée ?

— Je n'ai rien remarqué.

— Très secrète, elle ne parlait jamais de sa vie privée.

Privée de quoi ? D'amis, d'amants, d'amour ? Patricia s'est-elle tuée par manque ? L'a-t-on assassinée pour manquement ?

Le sang-froid du Harrison ne se réchauffe pas du moindre degré :

— Patricia était très nomade.

Vivre au milieu de cette armée de meubles et d'accessoires crée forcément l'envie de respirer au grand air, libéré du foisonnement de porcelaines, bronzes, miniatures, laques…

— Je vous tiendrai au courant après les résultats de l'autopsie.

— L'autopsie ? s'indigne la mère.

— Comme vous dites, madame.

Harrison hoche la tête. Parfait, comme toujours. Joëlle l'imagine culbutant des veuves sur des dessertes Régence tout en estimant de juteuses successions. Il a l'œil du type qui, soucieux de rendre service, ouvre sa braguette avec élégance et politesse sans casser le moindre bibelot. Un sens de l'objet, même en pleine montée de sève. Une appréciation parfaite de l'organsin d'un soutien-gorge et d'une culotte du troisième millénaire. La pauvre mère Agostari n'a pas dû prendre son plaisir tous les jours. Yeux fermés quand le devoir faisait grimper papa sur elle. Yeux fermés quand papa se soulageait sur d'autres. Dans la lumière pâle des lampes anciennes, elle paraît spectrale.

Joëlle scrute le visage émacié d'Annabel peint par Buffet. Le personnage s'apprête à abaisser les paupières. Une demi-seconde après l'instant du tableau, les yeux seront clos, Joëlle en est presque certaine. Elle tressaille, noue d'un geste sec la ceinture de sa gabardine et fuit ce musée qui pue l'angoisse et l'encaustique.

De sa voiture, elle téléphone à Georgia à l'institut médico-légal :

— La beauté qui débarque, tu t'en occupes, et tu me fais le ménage à fond, son suicide tient du déguisement.

— Mauvaise intuition ?

— La bonne !

— Frank devait s'en occuper.

— Je préfèrerais que ce soit toi !

— J'aime que vous me préfériez, ma belle.

Au bureau, la belle se fait engueuler par son chef. L'habitude ne créant pas forcément l'accoutumance, cela la met d'une humeur de chien. Monsieur le commissaire-priseur s'est plaint, et l'autre commissaire défend son pote. À Bordeaux, tout le beau linge se connaît autant qu'il s'y connaît en linge sale :

— Vous croyez que c'est agréable, quand votre fille vient de se suicider, d'être traités de cette façon ?

— Une autopsie pour un suicide sans explication d'une femme en pleine santé, c'est le minimum, non ?

— Vous n'étiez pas obligée d'en parler !

Le secret. Autre spécialité bordelaise. Motus et bouche cousue.

— Je connais les Agostari depuis longtemps, ce sont des gens très respectables.

Monsieur est remonté. Collectionneur de pendules XVIIIe, il a décidé d'en chier un, de pendule :

— Vous les avez heurtés, et je vous prie d'être un peu plus subtile désormais, vous manquez de psychologie, ma pauvre Joëlle ! Vous savez, je suppose, qui est le père de madame Agostari ?

Pour l'amateur de mécaniques horlogères, la psychologie est respect des hiérarchies sociales.

— Jean Rouget du Mont. Inspecteur général. Une des plus vieilles familles de Bordeaux.

C'est reparti sur Bordeaux et ses vieilleries. Comment faire du neuf avec tout ça ?

Le soir, Georgia mange sa blanquette avec entrain. Joëlle n'a jamais vu une femme engloutir de telles quantités de nourriture. Elle-même a l'appétit boudeur. Elle pense à Patricia.

Plus tard, enlacées dans la mousse parfumée de leur bain, Joëlle et Georgia rêvent comme presque chaque jour d'aller voir ailleurs si les cadavres sont moins verts. Georgia a rempli des dossiers de candidature pour Toronto, Sydney.

Des pays jeunes, anonymes, qu'elles pourront oublier pour penser à elles. Elles paient trop cher la splendeur de Bordeaux. Elles n'osent signer un PACS et en publier l'annonce dans *Sud-Ouest.* Elles se planquent dans un quartier où ne vivent pratiquement que des Espagnols, Joëlle dans un studio, Georgia dans une petite maison paumée.

Les deux femmes joignent leurs bouches, mêlent leurs langues :

— Mon papa chéri…

— Ma fifille adorée.

Dans leur lit, seins contre seins, sœurs et amantes, mère et fille, mari et femme, elles jouent dans une grande flaque de soleil. Loin. Cachées.

Le jour suivant, Georgia achève de microscoper le cadavre de l'hôtesse de l'air. Elle a analysé les photos, la « position d'écrasement ».

Son rapport ne laisse aucun doute : la belle était inconsciente quand elle est passée par la fenêtre. Assommée par un violent coup sur la tempe.

Joëlle traduit pour son chef : quelqu'un a fait descendre l'hôtesse de l'air dans la ruelle en lui évitant l'ascenseur. Les pavés du vieux Bordeaux lui ont cloué le bec une fois pour toutes.

Le chef de Joëlle hurle à la lune un matin

nuageux sur le coup de neuf heures. Il en a assez de la paranoïa de sa subordonnée :

— C'est quoi ce bordel, pour qui vous vous prenez ?

Le rapport d'autopsie lui rabat son caquet. Il ne sait pas pour Georgia et Joëlle. Il est au courant du principal : Georgia est la meilleure légiste du Sud-Ouest. Contre ça, il ne peut rien.

Joëlle, elle, a droit à son enquête. C'est ce qui compte. Poulet de concours, elle va se montrer digne d'une médaille d'or au salon de l'agriculture. Elle aime entendre ceux qu'on veut faire taire.

Elle interroge, écoute, rassemble des paroles éparses : Patricia a étudié la psychologie, un an en Angleterre, trois aux États-Unis. Diplômée à Berkeley. Joëlle apprécie. Elle aussi s'est tournée vers la psycho pour gommer l'angoisse coupable qui empoisonnait ses premières et furtives amours homosexuelles. Combien d'années de divan pour admettre que l'amant aimé peut honorer tous les castings, jouer de multiples rôles, quel que soit son âge, son sexe ? Cette multiplication de l'amour, Joëlle la vit avec Georgia. Elle ne connaît d'ailleurs pas encore tous les hommes et femmes que sa maîtresse est capable d'incarner dans ses bras.

Les découvertes intimes de Patricia furent

sans doute moins exaltantes. La jeune Bordelaise laisse tomber psycho et passe un concours d'hôtesse de l'air. Fuir plutôt que fouiller les tripes du psychisme humain, les plus merdeux des viscères. Engagée par la KLM, elle rompt avec toutes ses connaissances bordelaises. Ne salue même plus ses copains de classe lorsque, de passage à Bordeaux, elle les croise dans la rue. Joëlle pense à Georgia et à elle. Leur volonté d'en finir avec cette ville.

Pour l'hôtesse de l'air, les choses sont plus complexes : elle revient chez papa-maman, bien que, les témoignages concordent, ses conflits avec son père à l'adolescence aient été très violents. Le Harrison bordelais et psychorigide devait mal accepter d'avoir engendré une pouliche aussi peu portée sur l'écurie et les économies de paille et d'avoine.

À la KLM, Patricia, bien notée, efficace, restait réservée avec ses collègues. Joëlle se met en contact avec les différents équipages qui partaient régulièrement avec elle. Le frère de *Terres d'aventures*, lui, ne peut quitter ses dunes du Wadi Rum avant une ou deux semaines. Quoi qu'il en soit, le jour J, il était très loin du lieu du meurtre.

La perquisition de l'hôtel particulier se passe mal, plus exactement, il ne se passe rien. Papa et maman rôdent, apeurés, l'œil hagard, anorexique et vieux beau reniflant comme des héroïnomanes en manque. La maison quatre-étoiles sent le renfermé. Des enfants « chez eux » sous le toit familial alors qu'ils ont toutes leurs dents de sagesse, ça tourne psychiatrie à domicile. Joëlle n'aime pas ça. Famille, je vous aime loin des yeux près du cœur. À chacun son nid, et chaque hirondelle aura son printemps. La poulette de Bagnolet a perdu espoir et moral lorsqu'elle explore la bibliothèque commune. Elle fouille, feuillette. Dans les pages du *Requiem des innocents,* de Calaferte, le premier livre que Georgia lui a offert, une lettre tapée à la machine. Joëlle espère un message de Patricia…

Mon papa chéri,

Il ne faut pas trop me disputer comme l'autre jour quand maman était sous la douche, parce que j'avais fait grossir ton truc, ce n'est pas ma faute si j'aime bien me frotter contre ton pantalon, ça me rend toute chose.

Quand tu m'as donné la fessée, pas trop fort pour que maman n'entende pas, j'ai eu des chatouillis jusque dans les pieds et les cheveux, c'était tout drôle dans mon ventre, j'avais envie qu'un truc me vienne dedans, j'en avais presque mal.

Ce n'est pas ma faute. Quand tu surveilles si mon

Après, tu as gentiment mis la crème sur mes seins, en disant que ça allait les faire pousser, comme ça, ils vont devenir aussi gros que ceux de Myriam, tant pis pour elle.

Elle est pas très sympa avec moi, Myriam. Quand je lui ai dit que des fois, la nuit, je te demandais pardon parce que j'avais gonflé ton truc, elle m'a soutenu que ça s'appelait faire une pipe, elle est vraiment méchante. Quand j'embrasse ton truc pour le consoler, tu es tellement content, tu respires comme quand tu as couru trop vite, ça me plaît. Tu m'as bien appris à le manger un peu comme un esquimau, mais sans mordre. C'est bien d'apprendre. Je préférerais avec du chocolat, les meilleurs esquimaux ont du chocolat bien croquant autour, mais tant pis.

La première fois que la crème est venue dans ma bouche, ça m'a fait peur, tu as gigoté et lancé des petits cris, j'ai cru que tu étais malade, tu racontais que tu étais en train de dépuceler la bouche de ton petit amour adoré, je ne sais pas ce que ça veut dire, mais finalement, tu avais l'air très content. J'osais pas avaler, tu m'as dit que je pouvais si je voulais, c'était pas dangereux. J'ai pas trouvé ça très bon, c'était meilleur la deuxième fois, au mariage d'Irène, quand on est revenus tous les deux à l'église pour chercher les fleurs et que tu m'as fait mettre à genoux dans le confessionnal. Je m'habitue sûrement. Tu te souviens ?

Avant, j'aimais pas du tout les pêches blanches, et maintenant, c'est mes fruits préférés.

Je crois que mes nénés ont poussé, je sais pas si c'est la crème ou la natation, même Myriam s'en est rendu compte. Elle aimerait bien que tu l'examines pour voir si tout fonctionne bien chez elle. Je lui ai dit que tu avais un brevet de secouriste, elle pense qu'on peut compter sur toi, alors que les garçons de notre âge, ils sont trop bêtes. Moi je veux bien qu'elle vienne à la maison, mais ça m'ennuie qu'elle dorme dans ma chambre. Tu ne pourras pas me laver sous la douche le matin comme d'habitude, une fois que maman est partie au travail. Mais comme on doit passer toutes les deux un week-end à CenterParcs avec toi, vu que son père nous avait emmenées visiter l'Armada à Rouen y a deux ans, ce serait l'occasion que tu voies si Myriam va bien, si son museau a pas la fièvre, si ses nénés sont pas trop gros, après tout c'est ma copine, je veux pas me fâcher avec elle. Comme ça, elle serait tranquillisée.

Mon papa d'amour, bien sûr, je ne dirai rien du tout à maman. Quand elle est venue à la piscine avec moi, elle a vu les traces du martinet (du jour où tu m'as fouettée parce que je m'étais mise à quatre pattes sous ta table de travail en tétant ton esquimau pendant que tu téléphonais). Je lui ai dit que je m'étais éraflé les fesses en tombant par terre, même moi j'y croyais.

Mon papa, quand je m'endors le soir, je pense que je gonfle ton truc. J'adore ça, c'est ma distraction préférée, parce que tu sais, j'ai plus l'âge de jouer à la poupée.

Joëlle manque d'air. La lettre vibre dans sa main. Les dos rectilignes des livres sont des barreaux de cage. Le hurlement de Patricia a retenti sur la mer de toits roses, résonné contre les vagues de tuiles abritant des nids pleins de plumes et de secrets, de bave et d'excréments. *Mon papa chéri, ma petite fifille.* Lettre de potache transformant l'inceste en conte érotique destiné à l'âme sœur ? Blague grossière pour déranger un lecteur frileux ?

Joëlle veut savoir. Sa ressemblance avec Patricia devrait l'aider à comprendre. « Par peur d'aimer l'autre, aimer son pareil. » Une des idioties que lui avait sorties sa psy. Homosexualité, inceste… La « mêmeté » disait cette précieuse du divan. À quoi cela sert-il ? De l'inceste, Joëlle a des souvenirs de cours de psy et de crimino. Confusion des territoires. Destruction du corps par la brutalité des comportements alimentaires… Le Harrison Ford relié pleine peau aurait été parfait dans le rôle d'« incestueur », mais le père de Joëlle, un péquenot du Piémont qui regardait le monde au ras de la boue, la meilleure des perspectives pour apprécier la réalité, avait une devise : « On fait pas ce qu'on dit, et on dit pas ce qu'on fait. » Joëlle y croit. Dire pour ne pas se brûler à faire. Fantasmer pour ne pas agresser. Sur ce principe-là, tout viol serait manque d'imagination, tout abus sexuel manque d'amour. Chassez le fantasme, il revient au galop, et sur le passage du désir, rien ne repousse.

Le reste de la perquisition n'a donné aucun résultat. Joëlle ne parle de la lettre ni aux Agostari ni à son chef qui ricane.

Dans la mousse de leur bain parfumé, Joëlle et Georgia parlent et reparlent. Un amoureux a écrit cette lettre à son chéri. Gloussements entre les lignes, mauvais goût et clichés. Le coup de la pipe au papa dans le confessionnal tient du film X du dimanche soir à la télévision. Impossible qu'une femme décrive des fantasmes aussi masculins.

Plus tard, dans leur lit, les deux femmes pensent l'exact contraire. Patricia aime l'évasion. Or, le délire est une sacrée forme d'évasion. Joëlle et Georgia savent. Entre elles, toute cochonnerie est innocence.

— Mon papa chéri…

— Ma fille adorée…

« Par peur d'aimer l'autre, aimer son pareil. »

Joëlle n'est pas d'accord. Georgia est son autre. Sa différence. Plus âgée, plus grande, plus forte. Pas pareille. Jamais pareille. Homme, femme, bébé. Les deux amoureuses, seins contre seins dans leur lit, sont deux nourrissons qui se roulent dans l'herbe au soleil. Multiples.

Dans la nuit, Joëlle consulte des ouvrages de psycho. Mais la théorie ne sert à rien dans la pratique. Les explications ne sont qu'interprétations *a posteriori*.

Le chef de Joëlle n'apprécie pas la prose mauvais enfant de la lettre du *Requiem* :

— Ça rime à quoi ?

— Je l'ai trouvée dans la bibliothèque des Agostari, c'est tout…

— Qu'est-ce que vous voulez, ma pauvre Joëlle ?

— Savoir qui a tué la fille.

— Cette correspondance de bas-étage circule peut-être sur Internet, cela n'a aucun sens…

Aucun sens. Cette lettre n'accuse personne, elle gêne. Qui ? Papa ? Trop évident pour être honnête.

Joëlle prend pourtant la direction du vieux Bordeaux. Dans l'hôtel particulier des Agostari, papa n'est pas là. Maman maigrit de jour en jour. Et une maigre qui maigrit, c'est vite le film d'horreur.

— Votre fille aimait écrire ?

Joëlle connaît la réponse, elle a vu les bulletins scolaires de Patricia. La mère mouille ses cernes en se tordant les mains :

— Patricia était systématiquement première en français au lycée, elle aurait voulu devenir écrivain.

Joëlle lui tend la lettre :

— Aurait-elle pu écrire ça ?

L'antiquaire devient verte, genre bronze mal patiné.

— D'où sort cette infamie ? Je refuse de lire.

Elle se lève, les mains suppliantes, anémones de mer desséchées. Elle manque d'imagination pour exprimer sa détresse. Ses gestes sont imperturbablement figés. Pourtant, elle est désespérée. Une victime. De qui, de quoi ?

— Lieutenant, je vous en prie…

— J'ai trouvé cette lettre dans votre bibliothèque…

— Mon Dieu !

Maman, qui en appelle au Très-Haut, est sauvée par le gong : le père, en l'occurrence, dans le rôle du gong. Il lit trois lignes de la missive, se tient le cœur, à deux palpitations du malaise :

— Vous ne croyez tout de même pas que cette ignominie m'était adressée ? J'ignore qui veut salir notre famille, mais c'est une monstruosité, j'appelle tout de suite notre avocat.

Joëlle repart. Emmerder papa-maman n'a pas été une bonne idée. Décidément, le poulet de batterie a de moins en moins bon goût. Hormones et farines de poisson.

Georgia essaie de remonter le moral à sa poulette. Massage aux huiles essentielles. Tétée. Fessées d'amour. Câlin maman. Papa gâteau.

Le lendemain, Joëlle fouille sans entrain une documentation sur les familles Agostari et Rouget du Mont. Côté Agostari, tout semble lisse. Il y a bien eu un scandale, quatre ans plus tôt, en salle des ventes : des antiquités indonésiennes volées vendues par le commissaire-priseur Agostari. Plausible, le trafic. Les Agostari adulent suffisamment les objets pour aller jusqu'au péché, et des enfants nomades peuvent être utiles à une telle entreprise. Patricia a-t-elle voulu faire chanter son papa chef de gang ? Un rôle en or pour Harrison. Djakarta-Amsterdam, combien de vols réguliers sur la KLM ? Mais papa Harrison a été bien sûr blanchi de tout soupçon. Ce qui ne prouve pas grand-chose. Le blanchiment de linge sale fonctionne si bien sous les toits séculaires...

Côté Rouget du Mont, Joëlle découvre que le papa de l'Inspecteur général a fait fortune dans le commerce du bordeaux aux USA, et laissé à ses descendants un pactole. Le prince héritier a par ailleurs suivi une carrière en autoroute sur les réseaux de l'Éducation nationale. Prises de position politiques, mondanités... rien ne dépasse, sauf l'entrefilet d'un brûlot étudiant prétendant que madame Rouget du Mont n'est pas morte de mort naturelle juste avant de fêter ses soixante-quinze printemps. Suicide aux barbituriques. Tiens, papa avait prétendu qu'il n'y avait jamais eu de suicide dans sa famille ? Le chef de dynastie ne considère-t-il pas sa belle-famille comme la sienne ? Pas son genre de beauté ?

Le téléphone sonne. Amsterdam. Niels est allemand, chef de cabine de la KLM. D'accord pour répondre aux questions. Certain que Patricia ne s'est pas suicidée.

— Si je viens à Amsterdam, vous pourrez me consacrer un peu de temps ?

— Je ne bouge pas pendant quinze jours...

Cette fois, Joëlle pense qu'avec un petit effort, elle accède à l'appellation des poulets de Bresse, les vrais, à pattes bleues...

— Je vous rappelle pour vous dire quand j'arrive...

Vive le TGV et le Thalys, Joëlle retrouve Niels dès le lendemain au bar de son hôtel, sur Prinzengraacht. Homosexuel, il vit avec le même compagnon depuis dix ans dans la banlieue d'Amsterdam. Patricia était sa confidente.

— Vous étiez le sien ?

— Elle parlait peu. Mais j'avais les clés de son appartement.

Patricia avait donc un pied-à-terre !

— La plupart des longs-courriers de la KLM font escale à Amsterdam, et les marginaux s'y sentent bien. J'ai choisi d'abord la ville, puis KLM. Je crois que c'était la même chose pour Patricia.

Joëlle se sent plus que jamais très proche de Patricia, sa pareille :

— Elle était lesbienne ?

— Pas à ma connaissance…

— Marginale comment ?

— Elle ne tenait pas à ce qu'on se mêle de ses affaires…

— Je ne sais que ça !

— Je respectais ce désir…

Le confident ne veut rien confier.

— Je dois voir cet appartement, Niels.

— Je préférerais que vous vous arrangiez avec Dick, il arrive demain…

— Dick ?

— Son roommate. Je ne le connais pas plus que ça.

— Niels, Patricia a été tuée. Je vous demande seulement les clés de l'appartement pendant vingt-quatre heures.

— Désolé, Joëlle, ce n'est pas de mon ressort.

Ils dînent ensemble. Le lieutenant de police parle. Georgia, la médecine légale, Bordeaux, la prison, l'envie de fuir. Niels écoute. Il a un peu bu. Il avoue. Il est amoureux. Joëlle aussi. Cette disposition enviable crée des liens.

À minuit, Niels tend les clés.

Au deuxième étage d'un immeuble moderne, l'appartement clair et calme comporte un salon et deux chambres. Les fenêtres donnent sur un canal. Dans la plus grande chambre, encastré dans un mur, un aquarium éclairé de bleu. Des poissons des mers chaudes y exhibent silencieusement leurs couleurs et leur nonchalance. À peine le ronronnement du système qui chauffe et aère l'immense bocal. Patricia a affiché la photo de cet aquarium dans son appartement bordelais. Elle doit vraiment aimer les poissons. Ils sont moins emmerdants que les humains.

Joëlle inspecte les fichiers de l'ordinateur, imprime une lettre de réservation d'un hôtel à Bali pour monsieur et madame Agostari. Qui Patricia faisait-elle passer pour son mari ?

Joëlle examine les caractères. La lettre du *Requiem des Innocents* sort de cette imprimante. La bonne élève de français aimait s'amuser. Joëlle continue l'exploration. Ouvre un fichier. La lettre du *Requiem*. En déniche une autre, du même acabit, qu'elle lit sur l'écran.

voudrais que vous poussiez encore votre truc entre mes jambes pour enlever les fourmis de mon ventre.

Je vous aime, mon papa chéri, j'attends avec impatience que vous veniez me chercher chez mamie, je pourrai venir vous faire un câlin dans votre lit, prendre votre esquimau dans ma bouche, et danser dessus, avec vos mains en soutien-gorge sur mes nénés, on sera pas dérangés car mamie, la nuit, elle enlève son sonotone, elle n'entend rien du tout. Venez vite, mon papa chéri, j'ai envie de manger votre crème avec toutes mes bouches.

Joëlle regarde les poissons. Sans imagination, ils éclosent, nagent, expulsent leurs semences, éclosent, nagent, expulsent leur semence…

Elle a froid. Georgia lui manque. Brusquement, elle a besoin de leur bonheur dans le silence bleu de l'aquarium. Elle entend le cri de Patricia. Sa probable raison de vivre : troubler le ou la destinataire de ces lettres. Des lettres qui furent peut-être motifs de meurtre.

Par la fenêtre, la lune scintille sur les eaux noires du canal. Joëlle mordille le col roulé de son gros pull à bouclettes. Sa peau brûle. Elle a honte d'avoir fouillé les secrets de Patricia. Ça ne regarde personne, l'intimité. Quelque chose comme le noyau d'une cerise. Seul celui qui a mangé la cerise a le droit de sucer.

Elle s'endort dans le canapé du salon, enfance, bain parfumé, pompon, papa, rimmel, biberon. Un bruit de clés. Lumière : un homme. Jeune. Beau. Pas tout à fait inconnu. Jamais rencontré… Mais son visage pourtant.

— Dick ?

— Qui êtes-vous ?

Un Français ! Pas le moindre accent.

— Niels m'a donné les clés. Lieutenant de police Joëlle Fardat. Je cherche l'assassin de Patricia.

L'homme pose sa valise. Las. Détruit. Joëlle le reconnaît. Beau comme son père, comme sa sœur. Le guide de *Terres d'aventures* vu en photo chez les Agostari, le frère nomade qui n'avait plus remis les pieds à Bordeaux depuis deux ans.

— Didier Agostari ?

— Oui !

Il s'assoit. Joëlle leur sert de l'eau. Le jour se lève. Elle pense à Bali. Monsieur et madame Agostari.

— Vous avez lu *Requiem des Innocents* de Calaferte ?

— C'est mon auteur préféré.

— Les lettres, c'était pour vous ?

Dos tourné, le fils de Harrison Ford regarde le canal, il n'a pas le sang-froid de son père.

— Patricia et moi étions très proches... Nous nous retrouvions ici, en fonction de nos voyages, ça ne regarde personne.

— Sauf moi, c'est un des rares avantages de mon métier : tout me regarde.

Il éclate en sanglots. Joëlle le laisse se calmer :

— Vous aviez une liaison passionnelle avec votre sœur, vous n'en pouviez plus, elle vous envoyait des lettres brûlantes, explorait avec vous les fantasmes les plus crus. Vous l'avez suppliée d'arrêter. Elle a refusé. Vous l'avez tuée...

— C'est faux, complètement faux ! J'aimais Patricia, j'avais besoin d'elle, toutes les autres femmes m'ennuyaient prodigieusement.

Il crie. Joëlle reconnaît les gestes compulsifs de sa mère. Cette façon de se tordre les mains.

— Calmez-vous. J'ai les preuves que vous étiez en Jordanie le jour où votre sœur a été tuée, vous n'êtes pas soupçonné. Mais vous pouvez être le commanditaire du meurtre...

Didier-Dick est épuisé, défait.

— Je vous laisse récupérer. Je reviens cet après-midi vers quinze heures. Réfléchissez. J'espère que vous déciderez de me faire confiance...

— Je ne veux pas que mes parents sachent...

— Ils ne sont pas de la police, eux, ça ne les regarde pas...

De son hôtel, Joëlle téléphone à Georgia. Elles se racontent des histoires, pas seulement celle de Patricia et de Didier.

— J'ai une réponse positive de Toronto : enseigner la médecine légale à l'université. Ça te dirait, le Canada ?

— Là-bas, au moins, on doit se foutre de Louis XIV, non ?

— Je commencerais en septembre

— Le temps de faire mon préavis…

— Tu es sûre que tu veux arrêter ?

— Je reprendrais des études.

Joëlle y pense. Ne plus se pencher sur les cadavres. S'occuper d'océanographie peut-être. Comme Patricia, elle devrait pouvoir apprécier les poissons.

— Je t'aime, mon bébé chéri.

Les deux femmes font l'amour. Corps et sexe réinventés, bijoux dont elles extraient or et diamants : fantasmes, mots salivés, soupirs talqués, verbes frissonnants. Au pouvoir, l'imagination fait jouir.

À quinze heures, Joëlle sonne chez Didier-Dick, reposé, douché, rasé.

Joëlle accepte un gin-fizz et lui tend la lettre :

— C'est pour vous que Patricia inventait ces mises en scène palpitantes ?

Les yeux pâles brillent dans le visage hâlé du guide de *Terres d'aventures.* Il semble loin, dans les dunes rouges de Lawrence d'Arabie.

— Quand Patricia était adolescente, j'étais encore petit, elle s'engueulait violemment avec mes parents, surtout avec mon père. Plus elle le provoquait, plus il restait digne et calme, parfaite image du père de famille qui avait su garder ses enfants au bercail. Il refusait de nous voir grandir. Nous lui appartenions.

De même que ses meubles et bibelots, pense Joëlle qui n'oublie pas sa sensation d'étouffement dans l'hôtel particulier. Un « tout-univers ». Comme un château ou une ferme. Monde complet, autosuffisant, où le malheur est forme d'amour, et les pires turpitudes des liens pour attacher plus serrés les membres de la famille. Aquarium impossible à fuir, il est le monde entier. Pas d'évasion. Tout se noue dans cette cellule primordiale, chacun reste une pièce de puzzle, incapable de devenir la figure complète…

— Puis Patricia est partie. Chaque fois qu'elle revenait à Bordeaux, les engueulades recommençaient. Je crois qu'elle venait pour ça. Elle en voulait à mon père, à ma mère.

— Et vous ?

— Je l'admirais, je ne comprenais pas sa violence. Un jour où elle était particulièrement défaite, j'ai voulu la consoler…

Il se tait. Il rêvera sans doute longtemps de sa sœur, sa plus que femme. Joëlle imagine le bonheur compliqué, coupable, de Patricia. À vingt-quatre ans, aimer son frère de dix-sept ans. Par peur d'aimer l'autre, aimer son pareil. Qui était l'autre ? Le père ?

— Il y a deux ans, papa nous a surpris, plus exactement, j'y ai souvent repensé après, Patricia s'est arrangée pour qu'il nous surprenne. Ça a été un drame, il a frappé Patricia, elle est restée au lit pendant une semaine.

Joëlle se ressert un gin-fizz, elle pense à l'ascenseur, à la façade XVIIe, à monsieur le commissaire-priseur qui porte si bien le costume trois-pièces et cogne si fort sur sa fille. Tout lui appartient.

— C'est pour ça que vous n'avez plus remis les pieds à Bordeaux ?

— Et je n'y retournerai pas. Je n'ai jamais cédé à Patricia sur ce point.

Didier oubliera peut-être la maison close du vieux Bordeaux. Il cessera d'être frère et fils. Il sera Dick, tout seul dans son aquarium.

— Patricia voulait faire payer aux parents leur bourgeoisie, leur soif de richesse, leur hypocrisie…

— Ils mentaient ?

— Mon père a toujours trompé ma mère. Cela n'a jamais été dit, mais nous, enfants, nous le savions. Sans s'en rendre compte, ma mère n'en finissait pas de nous appeler au secours. Elle ne se plaignait jamais, mais elle était l'éternelle victime, et nous, nous avions mal pour elle…

Joëlle revoit la mère Agostari se tordre les mains. Infiniment triste. Le visage étiré par la douleur.

— Patricia en voulait à papa de rendre notre mère malheureuse. Elle prétendait qu'il l'avait épousée pour sa fortune, pour l'hôtel particulier hérité de son grand-père marchand de vins… Patricia détestait la famille de notre mère…

— L'inspecteur général ?

— Oui.

Didier se tait.

— Vous le voyiez souvent ?

— Il ne mettait jamais les pieds à la maison.

— Didier, je vous promets que je ne parlerai de rien à vos parents…

— Je ne sais pas exactement quand cela s'est passé… j'étais trop petit, c'est Patricia qui me l'a raconté beaucoup plus tard, il y a trois ans, avant que mon père nous surprenne…

— Ce Jean Rouget du Mont… donc…

— Patricia disait que quand elle avait huit ans… Il l'avait prise sur ses genoux, avait passé les doigts dans sa culotte. Il l'avait retenue prisonnière et ses doigts lui avaient fait mal, longtemps. Horrifiée, elle s'était réfugiée dans les bras de sa mère qui ne l'avait pas crue. Patricia avait enfoui ce souvenir. En Angleterre, elle a suivi une analyse, qu'elle a poursuivie aux États-Unis. Ce souvenir a ressurgi, elle a réussi à le formuler.

Le cœur de Joëlle s'emballe. Patricia regarde cette horreur en face et lui tourne le dos. Elle préfère voler au-dessus du monde en expliquant comment placer un masque à oxygène et attacher une ceinture de sécurité à d'anonymes passagers de la KLM… Voir le monde depuis un hublot, enfermée dans un aquarium à dix mille mètres d'altitude, loin des turpitudes d'en bas, loin des crimes bienséants dont les victimes ne se confieront jamais à personne. Planer à trois mille pieds au-dessus des abuseurs, eux-mêmes détruits par un viol, pratiqué bien au chaud du cocon familial, par pépé, papa ou tonton.

— Quand elle est revenue, elle a essayé de parler à ma mère, qui prétendait toujours qu'elle affabulait.

Symptôme premier, règle familiale de base. La mère Agostari fermant les yeux comme Annabel Buffet, quelques secondes après l'instant du tableau.

— Maman n'a jamais voulu admettre la moindre ambiguïté dans le comportement de son père. Patricia s'entêtait. Elle adorait notre mère, elle était certaine qu'elle-même avait subi des attouchements quand elle était petite. Maman a toujours nié. Patricia aurait voulu que notre père la sauve.

Harrison ne pouvait pas tout aimer, ses meubles, ses objets, son fric, sa renommée, ses maîtresses. Le cœur n'était pas assez grand.

— Ma mère se mettait à pleurer, mon père ordonnait à Patricia de se taire, et elle répondait : tant que je serai vivante, je ne me tairai pas !

Pour tenir sa promesse, elle a effectivement crié jusqu'au dernier instant.

— Un jour, elle est allée chez nos grands-parents, a parlé à notre grand-mère qui l'a traitée de folle.

— Est-ce lié au suicide de votre grand-mère ?

Didier se tait. Dick est oublié. Le jeune Agostari semble pâle et minuscule. Enfermé dans un drame familial dont il n'a perçu que les échos.

— Patricia disait avoir envoyé une lettre de dénonciation à la police et à *Sud-Ouest*…

Tout cela n'a pas fait de vagues. Pourtant, Rouget du Mont a dû éprouver la trouille de sa vie, et sa femme une bonne raison d'en finir. Mais motus et bouche cousue. À Bordeaux, dans la caste des nantis, le patrimoine est plus important que la descendance !

Joëlle frissonne. Cette famille folle, incestueuse, Patricia n'avait pu la fuir. Il lui avait fallu aimer son double, son semblable, son frère, son même-père-même-mère. La « mêmeté »… Était-ce seulement à l'extérieur de la maison, que papa trompait maman, ou sa fille aussi avait-elle été une proie ? « quand papa ne couche pas avec maman, danger pour les petites filles » ! Contagieux, l'inceste. Incestueur, le Harrison ? Les lettres de Patricia étaient-elle des armures contre le sexe de son père ? Des tentatives pour se libérer de la spirale incestueuse ?

— Nous avons essayé maintes fois de nous quitter. Patricia m'écrivait des lettres de plus en plus salées. Je me masturbais comme un fou en les lisant. Nous nous faisions jouir par téléphone. Chacun à un bout du monde. Forcément, nous nous sommes revus. Nous avons loué l'appartement à Amsterdam. Nous ne venions presque plus à Bordeaux. On voyait les parents de moins en moins souvent… Vous ne pouvez pas comprendre.

Joëlle proteste, leur histoire n'était pas simple, d'accord, mais les amours se ressemblent toutes. Jouer pour jouir. Transformer son petit frère en papa-ogre, c'est quasiment mignon. Le code civil n'interdit pas les amours par consentement mutuel dans l'intimité d'une chambre. Pour grand-papa, pas la même histoire. Souiller n'est pas jouer. L'inspecteur général perdu dans le compassé de sa grande famille bordelaise. Hors jeu, hors-la-loi, finira-t-il sa retraite dorée en taule, tout beau linge qu'il est ? Avant Toronto, Joëlle fera son possible pour qu'il ne soit pas blanchi. Son possible est probablement peu. Elle essaiera pourtant. Elle aimerait que ses adieux à Bordeaux aient un sens.

Les poissons de l'aquarium pirouettent silencieusement dans l'eau fluorescente. Didier, tête dans les mains, pleut comme un orage d'avril. Sa sœur l'a démoli en l'entraînant dans des fantasmes trop forts pour lui. Encore attaché à son malheur, il aura besoin de temps pour aimer l'autre, oublier sa pareille.

Vive le Thalys et le TGV ! Dès le lendemain, Joëlle va trouver maman Agostari.

— Revenons au jour du suicide, madame Agostari. Votre fille a provoqué votre mari n'est-ce pas ? Il est devenu fou, a assommé sa fille, l'a passée par la fenêtre ?

Maman, écarlate, avec de grandes plaques vertes sur les joues, ressemble plus que jamais à un Bernard Buffet pas réussi. Elle crie comme un chien venant de se faire chourer sa portion de Pal par un doberman. Elle se tord les mains, pleure, réclame son mari qui vient à son secours.

Devant lui, elle se décide. Elle pleure, dit qu'elle ne voulait pas, qu'elle était hors d'elle. Ils avaient reçu par la poste à trois reprises des lettres obscènes, un peu comme celle du *Requiem.* Des histoires de viol, d'inceste, de partouze. C'est donc bien ça, les lettres. Double détente. D'un côté, une histoire d'amour fantasmatique avec Didier, de l'autre une charge contre papa-maman.

— Mon père aussi en a reçu… vous vous rendez compte !

Joëlle a mal au ventre. Cette grande sèche défend ce père qui l'a détruite, et empêchée de comprendre qu'une seule personne l'a aimée : sa fille. Pathétique, plus que tous les tableaux de Buffet.

— Patricia voulait nous rendre fous, elle affabulait complètement. Je me suis énervée, on s'est disputées une fois de plus, elle m'a exaspérée, je l'ai giflée, sa tête a heurté le chambranle de la fenêtre, elle a chaviré, je…

Le papa commissaire-priseur l'interrompt. À cet instant, il pourrait incarner le géniteur de Harrison tellement il a mauvaise mine :

— Patricia ne pensait qu'à nous nuire, elle nous haïssait. Il ne sortait de sa bouche qu'un tissu de mensonges. À plusieurs reprises, elle m'a adressé des lettres infâmes au bureau, et comme c'est ma secrétaire qui ouvre mon courrier, vous vous rendez compte de la situation ?

Les lettres, nerfs de la guerre, armes pour la guerre des nerfs.

— Donc, elle a chaviré, et vous avez continué à la frapper...

— Elle m'a poussée à bout, elle était là, appuyée à la rambarde de la fenêtre, à me dire des épouvantes...

— Votre mari vous a peut-être aidée à la pousser...

— Non, il n'y est pour rien, hurle la victime de Buffet.

Elle l'aime encore, ce mari trompeur. Enfermée dans son malheur d'enfant abusé, elle reste ligotée à cette histoire de papa Rouget du Mont tout-puissant, Dieu qui a tous les droits, de vie, de mort. Papa, maman, Dieu et le fric, cette foutue tradition du mariage à quatre !

— Je ne voulais pas, c'est elle qui l'a cherché...

Le portrait d'Annabel Buffet ne sourit pas. Joëlle regarde le musée d'antiquailles, les tapis, les meubles. Au moins, papa et maman Agostari ne seront plus encombrés d'inutilités dans leurs taules.

Joëlle ferme sa gabardine sur sa jupe noire, croise ses bras sur son ventre. Elle va bientôt partir à Toronto avec son amour étudier les mœurs des poissons. Changer d'aquarium. Oublier Bordeaux. Sa splendeur. Ses nantis. Ses yeux fermés et sa bouche cousue.

DÉCOUVREZ LES FOLIO À 2 €

Parutions d'octobre 2005

M. DE CERVANTÈS *La petite gitane*

Un portrait de femme coloré et romanesque, une nouvelle poétique et baroque par l'auteur de *Don Quichotte.*

G. K. CHESTERTON *Trois enquêtes du Père Brown*

Trois enquêtes pleines d'humour et de fantaisie du détective du Bon Dieu.

COLLECTIF *« Dansons autour du chaudron » Les sorcières de la littérature*

Venez danser la sarabande infernale des sorcières en compagnie des plus grands écrivains !

F. S. FITZGERALD *Une vie parfaite* suivi de *L'accordeur*

F. S. Fitzgerald dresse le portrait de héros insouciants, capricieux et tourmentés, confrontés aux réalités de l'existence, et, à travers eux, d'une génération perdue.

J. GIONO *Prélude de Pan et autres nouvelles*

Quatre nouvelles au goût amer, quatre textes marqués par le mal qui ronge le cœur des paysans.

K. MANSFIELD *Mariage à la mode* précédé de *La Baie*

Par petites touches lumineuses et justes, Katherine Mansfield esquisse des portraits pleins de finesse et de sensibilité.

P. MICHON *Vie du père Foucault — Vie de Georges Bandy*

Deux vies minuscules, ordinaires, transfigurées par le talent de Pierre Michon qui s'attache à restituer le réel avec justesse et lyrisme.

F. O'CONNOR — *Un heureux événement* suivi de *La Personne Déplacée*

Avec une très grande justesse, Flannery O'Connor met en scène des personnages qui ont peur, peur d'eux-mêmes et des autres, et que la souffrance rend méchants.

C. PELLETIER — *Intimités et autres nouvelles*

Quatre nouvelles très noires dans lesquelles le quotidien d'héroïnes ordinaires bascule soudain dans le cauchemar.

L. DE VINCI — *Prophéties* précédé de *Philosophie* et *Aphorismes*

Avec un grand mépris des superstitions et de la crédulité des hommes, Léonard de Vinci, au gré des pages, livre ses pensées, une sagesse pratique et sa vision très personnelle du monde.

Dans la même collection

R. AKUTAGAWA	*Rashômon et autres contes* (Folio n° 3931)
M. AMIS	*L'état de l'Angleterre* précédé de *Nouvelle carrière* (Folio n° 3865)
H. C. ANDERSEN	*L'elfe de la rose et autres contes du jardin* (Folio n° 4192)
ANONYME	*Saga de Gísli Súrsson* (Folio n° 4098)
G. APOLLINAIRE	*Les Exploits d'un jeune don Juan* (Folio n° 3757)
L. ARAGON	*Le collaborateur et autres nouvelles* (Folio n° 3618)
I. ASIMOV	*Mortelle est la nuit* précédé de *Chante-cloche* (Folio n° 4039)
H. DE BALZAC	*L'Auberge rouge* (Folio n° 4106)
T. BENACQUISTA	*La boîte noire et autres nouvelles* (Folio n° 3619)
K. BLIXEN	*L'éternelle histoire* (Folio n° 3692)

M. BOULGAKOV	*Endiablade* (Folio n° 3962)
R. BRADBURY	*Meurtres en douceur et autres nouvelles* (Folio n° 4143)
L. BROWN	*92 jours* (Folio n° 3866)
S. BRUSSOLO	*Trajets et itinéraires de l'oubli* (Folio n° 3786)
J. M. CAIN	*Faux en écritures* (Folio n° 3787)
A. CAMUS	*Jonas ou l'artiste au travail* suivi de *La pierre qui pousse* (Folio n° 3788)
T. CAPOTE	*Cercueils sur mesure* (Folio n° 3621)
T. CAPOTE	*Monsieur Maléfique et autres nouvelles* (Folio n° 4099)
A. CARPENTIER	*Les Élus et autres nouvelles* (Folio n° 3963)
C. CASTANEDA	*Stopper-le-monde* (Folio n° 4144)
R. CHANDLER	*Un mordu* (Folio n° 3926)
E. M. CIORAN	*Ébauches de vertige* (Folio n° 4100)
COLLECTIF	*Au bonheur de lire* (Folio n° 4040)
COLLECTIF	*Des mots à la bouche* (Folio n° 3927)
COLLECTIF	*Il pleut des étoiles* (Folio n° 3864)
COLLECTIF	*« Leurs yeux se rencontrèrent... »* (Folio n° 3785)
COLLECTIF	*« Ma chère Maman... »* (Folio n° 3701)
COLLECTIF	*« Mourir pour toi »* (Folio n° 4191)
COLLECTIF	*« Parce que c'était lui ; parce que c'était moi »* (Folio n° 4097)
COLLECTIF	*Un ange passe* (Folio n° 3964)
CONFUCIUS	*Les Entretiens* (Folio n° 4145)
J. CONRAD	*Jeunesse* (Folio n° 3743)
J. CORTÁZAR	*L'homme à l'affût* (Folio n° 3693)
D. DAENINCKX	*Ceinture rouge* précédé de *Corvée de bois* (Folio n° 4146)
D. DAENINCKX	*Leurre de vérité et autres nouvelles* (Folio n° 3632)

R. DAHL — *L'invité* (Folio n° 3694)

Gelée royale précédé de *William et Mary* (Folio n° 4041)

S. DALI — *Les moustaches radar (1955-1960)* (Folio n° 4101)

M. DÉON — *Une affiche bleue et blanche et autres nouvelles* (Folio n° 3754)

D. DIDEROT — *Lettre sur les aveugles à l'usage de ceux qui voient* (Folio n° 4042)

R. DUBILLARD — *Confession d'un fumeur de tabac français* (Folio n° 3965)

S. ENDO — *Le dernier souper et autres nouvelles* (Folio n° 3867)

ÉPICTÈTE — *De la liberté* précédé de *De la profession de Cynique* (Folio n° 4193)

W. FAULKNER — *Le Caïd et autres nouvelles* (Folio n° 4147)

W. FAULKNER — *Une rose pour Emily et autres nouvelles* (Folio n° 3758)

F. S. FITZGERALD — *La Sorcière rousse* précédé de *La coupe de cristal taillé* (Folio n° 3622)

C. FUENTES — *Apollon et les putains* (Folio n° 3928)

GANDHI — *La voie de la non-violence* (Folio n° 4148)

R. GARY — *Une page d'histoire et autres nouvelles* (Folio n° 3753)

J. GIONO — *Arcadie... Arcadie...* précédé de *La pierre* (Folio n° 3623)

W. GOMBROWICZ — *Le festin chez la comtesse Fritouille* et autres nouvelles (Folio n° 3789)

H. GUIBERT — *La chair fraîche et autres textes* (Folio n° 3755)

E. HEMINGWAY — *L'étrange contrée* (Folio n° 3790)

E. HEMINGWAY — *Histoire naturelle des morts et autres nouvelles* (Folio n° 4194)

C. HIMES — *Le fantôme de Rufus Jones et autres nouvelles* (Folio n° 4102)

E. T. A. HOFFMANN	*Le Vase d'or* (Folio n° 3791)
P. ISTRATI	*Mes départs* (Folio n° 4195)
H. JAMES	*Daisy Miller* (Folio n° 3624)
T. JONQUET	*La folle aventure des Bleus...* suivi de *DRH* (Folio n° 3966)
F. KAFKA	*Lettre au père* (Folio n° 3625)
J. KEROUAC	*Le vagabond américain en voie de disparition* précédé de *Grand voyage en Europe* (Folio n° 3694)
J. KESSEL	*Makhno et sa juive* (Folio n° 3626)
R. KIPLING	*La marque de la Bête et autres nouvelles* (Folio n° 3753)
LAO SHE	*Histoire de ma vie* (Folio n° 3627)
LAO-TSEU	*Tao-tö king* (Folio n° 3696)
J. M. G. LE CLÉZIO	*Peuple du ciel* suivi de *Les bergers* (Folio n° 3792)
H. P. LOVECRAFT	*La peur qui rôde et autres nouvelles* (Folio n° 4196)
P. MAGNAN	*L'arbre* (Folio n° 3697)
G. DE MAUPASSANT	*Le Verrou et autres contes grivois* (Folio n° 4149)
I. McEWAN	*Psychopolis et autres nouvelles* (Folio n° 3628)
H. MILLER	*Plongée dans la vie nocturne...* précédé de *La boutique du tailleur* (Folio n° 3929)
S. MINOT	*Une vie passionnante et autres nouvelles* (Folio n° 3967)
Y. MISHIMA	*Dojoji et autres nouvelles* (Folio n° 3629)
Y. MISHIMA	*Martyre* précédé de *Ken* (Folio n° 4043)
M. DE MONTAIGNE	*De la vanité* (Folio n° 3793)
E. MORANTE	*Donna Amalia et autres nouvelles* (Folio n° 4044)
V. NABOKOV	*Un coup d'aile* suivi de *La Vénitienne* (Folio n° 3930)

P. NERUDA	*La solitude lumineuse* (Folio n° 4103)
K. OÉ	*Gibier d'élevage* (Folio n° 3752)
L. OULITSKAïA	*La maison de Lialia et autres nouvelles* (Folio n° 4045)
C. PAVESE	*Terre d'exil et autres nouvelles* (Folio n° 3868)
L. PIRANDELLO	*Première nuit et autres nouvelles* (Folio n° 3794)
E. A. POE	*Aventure sans pareille d'un certain Hans Pfaall* (Folio n° 3862)
R. RENDELL	*L'Arbousier* (Folio n° 3620)
P. ROTH	*L'habit ne fait pas le moine* précédé de *Défenseur de la foi* (Folio n° 3630)
D. A. F. DE SADE	*Ernestine. Nouvelle suédoise* (Folio n° 3698)
D. A. F. DE SADE	*La Philosophie dans le boudoir* (Les quatre premiers dialogues) (Folio n° 4150)
A. DE SAINT-EXUPERY	*Lettre à un otage* (Folio n° 4104)
J.-P. SARTRE	*L'enfance d'un chef* (Folio n° 3932)
B. SCHLINK	*La circoncision* (Folio n° 3869)
L. SCIASCIA	*Mort de l'Inquisiteur* (Folio n° 3631)
SÉNÈQUE	*De la constance du sage* suivi de *De la tranquillité de l'âme* (Folio n° 3933)
G. SIMENON	*L'énigme de la* Marie-Galante (Folio n° 3863)
D. SIMMONS	*Les Fosses d'Iverson* (Folio n° 3968)
J. B. SINGER	*La destruction de Kreshev* (Folio n° 3871)
P. SOLLERS	*Liberté du XVIII*^{ème} (Folio n° 3756)
STENDHAL	*Féder ou Le Mari d'argent* (Folio n° 4197)
R. L. STEVENSON	*Le Club du suicide* (Folio n° 3934)
I. SVEVO	*L'assassinat de la Via Belpoggio et autres nouvelles* (Folio n° 4151)

R. TAGORE	*La petite mariée* suivi de *Nuage et soleil* (Folio n° 4046)
J. TANIZAKI	*Le coupeur de roseaux* (Folio n° 3969)
J. TANIZAKI	*Le meurtre d'O-Tsuya* (Folio n° 4195)
A. TCHEKHOV	*Une banale histoire* (Folio n° 4105)
L. TOLSTOÏ	*Le réveillon du jeune tsar et autres contes* (Folio n° 4199)
I. TOURGUÉNIEV	*Clara Militch* (Folio n° 4047)
M. TOURNIER	*Lieux dits* (Folio n° 3699)
M. VARGAS LLOSA	*Les chiots* (Folio n° 3760)
P. VERLAINE	*Chansons pour elle et autres poèmes érotiques* (Folio n° 3700)
VOLTAIRE	*Traité sur la Tolérance* (Folio n° 3870)
H. G. WELLS	*Un rêve d'Armageddon* précédé de *La porte dans le mur* (Folio n° 4048)
E. WHARTON	*Les lettres* (Folio n° 3935)
O. WILDE	*La Ballade de la geôle de Reading* précédé de *Poèmes* (Folio n° 4200)
R. WRIGHT	*L'homme qui vivait sous terre* (Folio n° 3970)

Composition Nord Compo
Impression Novoprint
à Barcelone, le 10 septembre 2005
Dépôt légal : septembre 2005

ISBN 2-07-030885-5./Imprimé en Espagne.

136685